# 文学への誘い

## ー英文学と日本の古典文学「万葉集」ー

横森正彦

アスパラ社

# 文学への誘い

## ―英文学と日本の古典文学「万葉集」―

横森　正彦

# まえがき

シェイクスピア作品は明治以来、日本文学作品に、演劇に、多大の影響を与えている。坪内訳、学恩三神訳などで舞台上演（俳優座・文学座・民芸）その他多数の劇団などで上演されている。

『万葉集』は、和歌・俳句・日記文学などを生み出している。そして国語・国文学に深く根付いている。

横森　正彦

# 目　次

#『ソネット集』朗読の話芸

シェイクスピアの誕生日で命日を前にした4月22日（土）、新しい詩的世界に出会えた。それは荒井良雄氏の朗読話芸の世界だった。いや、内体全体からみなぎってくる詩魂であった。効果音と装置を必要としない、彼その者のみで語る独自の詩的世界であった。ソネットの番号を読まずに「語り」続けた詩的世界は、まさに、やすむことなくひたすら「美」を求めてやまない彼自身の生き方なのかもしれない。

シェイクスピアをこよなく愛する彼は、シェイクスピアの語る「やさしさ」を、彼の感性を通じて、みごとに私たち聴く者に再現してみせてくれた。彼は「なにもない空間」に「時間と空間」をこえて、シェイクスピアごころを開示した。「人間の栄華と滅び」（第64番）から「鏡の中に映る美貌もうつろいゆく」（第77番）をへて、「春の花が秋のもみじに」（第104番）と時の流れを「語り」ながら、詩人が「君」の美を讃美する言葉を、現在によみがえらせてくれた。

また、特別来賓のニュージーランド・シェイクスピア協会会長(1984-87)のアリスター・デイヴィス氏のために、ソネット第18番と第29番の原語朗読と、谷川俊太郎氏のソネットの英訳3篇の朗読がささげられた。特

に印象に残った部分
― So long as men can breathe or eyes can see,/So long lives this,and this gives life to thee( 第 18 番 )―
これを拝聴しながら、私の心象風景の中には、荒井氏のめざす「美を求めて」は、この箇所の中にあるのではないか、という印象が強い。

また、最も象徴的だったのは、氏の胸にかかげられた“Dolphin（ドルフィン)” である。これは､先のデイヴィス氏から贈られたものだそうだ。このドルフィンこそ、ソネットに登場する「君」そのものである。ソネットの朗読世界の小道具。このドルフィンは、国際的にグローブ座再建をめざす者たちの、ソネットに登場する若者よろしく、精神の若さと情熱的な生き生きとした者たちの象徴である ( 荒井氏は『十二夜』1 幕 2 場の “like Arion on the dolphin's back”の個所を､即興で朗読してみせた )

第２部は東京エリザビーサン・アンサンブル（清水英之氏・水谷八也氏・水谷利美氏）によるシェイクスピア・ソングの自作演奏。緑の鬱蒼と繁った、アーデンの森の奥深くから聞こえてくるかのような音楽の調べ。ふと、ある田園に立ってみつめるパンジーとスミレの色映え。遠い昔の、なだらかな緑の丘を風にのってやってくる妖精のような、小鳥のささやきのような調べ。歌の調べは、私に古きよき時代の風景を想起させてくれた。

第３部は、谷川俊太郎氏がシェイクスピアのソネットをイメージにして描いた、詩集『６２のソネット』の朗読。荒井氏の朗読で私の心を激しく揺り動かしたのは、18.「鏡」、19.「ひろがり」であった。鏡の中に映る人生、心のなかに広がる無限なるもの、と受けとれた。谷川氏の詩的世界からソネットの原語朗読へ。荒井氏がこよなく愛する第18番、第29番は、文芸の真髄といえるところである。この二つは、「詩が君に生命を与える」のである。

最後、荒井氏の肝いりである『アヴァンの冒険』（村松定史・作）の朗読。この作品は、作者が「やさしい」まなざしでみつめる世界である。私に見えてきたのは、たとえば、激しい雨があがり、土の中にぬくもりを感じながら、土の外に登場するカエルの姿を、やさしくみつめている人間の姿であった。荒井氏は、「人間のやさしさ」を問いかけるような口調で物語の世界へ招き入れ、詩的朗読の幕は閉じられた。

# 文学のなかの女性

## オフィリアの日記

——日

兄は、ハムレット様と私のことを、早咲きの菫で生命が短いとおっしゃるが、あの方はご自分の気持をうちあけて下さった。それも何度も、何度も。それなのに兄は、身分がちがうとか、おまえは何事もすぐに信じて夢中になってしまうと次から次へと教訓をならべたてた。父もまた、あの方は、お立場がちがうとか、信心深そうに振舞われるご様子に、よく気をつけなさいとおっしゃった。でも、私にはあの方のお言葉が神聖に見えてならない。打ち明けられた愛情というものを信じたい。たとえ身分はちがってもそこは男と女。しかし私は弱い人間だから、兄の教えを盗まれないように、誰にもわからないところにしまっておくことにする。

でも、なかなかわりきれるものではない。立派な父上の教えを素直に実践しなくては。

ハムレット様！　あなたは私に立派な王子として恥ずかしくない愛情を宣言なさった。ただひたすらに、素直に、女というものは男を信じて信じて従っていればよいのだろうか？

――日

今日、ハムレット様の変わり果てたお姿を目にして驚いた。それは、地獄から登場してきた悪霊そっくり？顔は蒼白く、私が原因なのだろうか。あの方の目は異常としか言いようがない。人間というものはあんなにも何かによって変わってしまうものだろうか。

父上の言いつけ通り、いただいたお手紙はお返ししたし、こちらにいらっしゃることも丁重にお断りしたが、もし､父上の言われるように｢恋の狂気｣だとすれば､もっと優しく接してあげなければいけないのだろうか。

私としては、今のところどのようなことを、どのようにしてさしあげたらよいのかわからない。世間知らずの私だから、とにかくあのお姿はお気の毒としか申し上げられない。やはり、父上には内密に、お手紙をあの方あてに沢山書いたり、お会いして、心の休まるお言葉をかけて、少しの安らぎになることをした方がよいのだろうか。このような時、女というものはどのように振舞ったらよいのか。どうして女というものは、なんと弱いものか。いや人間とは。

——日

あの方の母様は私に「あなたの器量のよさがハムレットの狂気の原因だといいのですが」とおっしゃった。

私もそのようであればと心から思っているのだが、世間のことは、父上、あるいは兄を通じてしか知らず、ましてや人間の複雑な心理状態や、深層心理をつかみとれるほどの素質もないし、あの方のように学問はしていない。

あの方の言われていることはどのような意味なのか？「尼寺に行きなさい。罪人を生むといけないから」とか、「結婚するなら、呪いが持参金だ」とか、とにかくひどい変わりよう。デンマークの華であり立派な武人で健康なお心の持主であった方が、あのような変わり果てた姿になるとは。とにかく、同じ人物であるとは考えられない。青春の咲きほこった花が、狂気のためにだめになってしまった。あの方の悲しさは私の悲しさであり、あの方の哀れな姿は私をも哀れにしてしまう。

——日

　ハムレット様は私の足もとに横になってしまった。寝てもいいだろうと言われながら。あの方の母様は、母としての深い愛情をお示しになっておられたのに、男性特有の母親より恋人の方に強い力をお示しになるつもりなのか。本当の気持ちの表現なのか。今日はなにか冗談をおっしゃったり、陽気に振舞われたり、時にいじわるをしてみたり、ふざけたり……。でも、心のご様子が少しよろしいのではないだろうか。お芝居の説明をしたりされていた。お芝居の終り頃、王様がお立ちになった。どこかご気分でも悪かったのか？それとも、なにかあったのか？何やら雲行きのわるい空のような表情に見えたが。

——日

若い乙女心をゆさぶり、悩ます人とかえらぬ人のことが複雑にからみあう。このからみあった糸はどうにもほどけない。運命に耐えきれない私。でも私たちは耐えなければならないのだろうか。父は冷たい土のなかに埋葬されてしまったことを思うと悲しまずにはいられない。兄にもこのことは知ってもらわなくては。

オフィリアは母を失って、父と兄から愛のある世話を受けてきた。なのにその父は、

行ってしまった
　行ってしまった
頭に青々とした芝生
　足もとには墓石

再びかえらないのか
再びかえらないのか
　いえいえ、あの人は死んだ
　死ぬまで待っても
再びかえることはない

人の世は何と強烈で深刻！　何と美しく悲しいものなのだろう！
（オフィリアはハムレットを愛した。しかし、ハムレットのような意識構造を完全にとらえるには幼すぎた。だが、そこには美徳が見い出せる）

ハムレット像（英国：ストラッドフォード）

## コーデリアの日記

――日

父と娘との間で何故飾りたてた言葉を使わなければならないのだろうか。自分は父上を義務として愛するのであって、それ以上でも、それ以下でもない。自分を生み、育て、深く愛してくれたそのお返しを、ふさわしいやり方でする。姉たちが父上だけを愛すると申されるなら、何故夫をお持ちになったのだろうか。

私が結婚するなら、夫となる方は、愛情とお世話と義務の半分を要求することだろう。私は父上の性格に似て強情なのか、口べたで耳を喜ばせるようなお言葉は申し上げられない。とても照れくさくて。

とにかく父上を尊敬し、愛情をもち、つとめる約束はできている。何故、人間の真実の言葉と虚飾の台詞の区別が曇っているのだろうか。「真実を持参金にせよ」とおっしゃられたが、私だって姉上たちに劣らず父上を愛しているのだ。

——日

父上は、私がフランスに行って、留守にしている間にひどく分別をなくしてしまわれたそうだが、姉たちときたら、私の父を大切にする願いもむなしく……

また、ブリテンの混乱をこのままにしておくわけにはいかない。それには、年老いた父上に王権ならびに王冠を取りもどすこと。それがまた父上に対する恩に報いることになると思う。自分の野望のためにフランス軍を起こすのではない。決してそうではないのだ。とにかく、心の悩める老いた父を静かに休ませてあげることだ。

それにしても父上にお目にかかってみなければ、そのご様子もよくわからない。とにかくお目にかかって、この手に、この胸に。この涙で父上の疲れが癒されることを祈るばかりだ。父上に神のご加護がありますように。

親子というものは、リアという親があって私という子供があり、その子供が親になるというように続くもので、子供が親に対する態度を孫はよく見ているもので、子供が親になり、孫が子供になる関係になった時、前の親子関係と同様の態度が表われてくる可能性は強い。

まさしく、因果応報。だから姉たちは必ずやそうなろう。

――日

ケント伯爵は父上のために、ブリテン国のために、たいへんな難儀をなさった。どのような報いをしたらと考えても、たいへん大きな忠義ゆえ、一生かけてもおよびもつかない。本当に信頼のできるお方だ。

医者に父上のご容態を聞けば「お心は平常にもどっておられる」と言った。

医者の言葉どおりであればよいが、なにせ、雷のものすごい音、その間をぬって横ぎる電光の、稲奏のなかをさまよい歩いた人間。狂わないのがおかしなくらいだ。とにかく、命が助かっただけでも幸運というもの――。

父上は「おまえが私を愛していないのはわかっている。姉たちは、今思い出したが、私をひどい目にあわせた。おまえにはそうできる理由はあるが、やつらにはない」と言われたが、私としては、自分の気持より父上が今ゆっくりと安心して休まれることを。

（ゴネリル・リーガンは偽善的で、残酷であった。一方、コーデリアは、孝行で真実の愛情を表わすのであるが、善人が破滅する象徴的な人間となる）

## デスデモーナの日記

――日

私の心は、父に対する孝行と夫に対する愛情とに半分ずつにされる。また、母上が父上をご自分の父上より熱心におつとめなさったのと同様に、私も主人であるムーアに務めよう。

夫は、国家のために常に働いてきた。新婚にもかかわらず、国家の急で戦場に出かけなければならない。彼ほど国家への忠誠の深い人間はない。武人として立派であること。武人としてヴェニス国の価値ある人間である彼の人生は、勇気があり、冒険のそれであるゆえ、静かに、やさしく、家庭的環境のなかに生活した経験はなかった。

戦場の出来事や奴隷に売られた話等、自分には想像できないことを彼から聞かされ興味をもち、だんだん思いを寄せるようになった。彼から真実の心の温かい愛を求められた。しかし、それもつかの間、戦いの危急で、彼は出かけなければならない。私も武人と運命をともにすることは当然と考えている。彼の妻なのだから。

——日

キャシオに比較してイヤゴーという人間は、何という下品。もう少し上品なことが言えないのだろうか。自分では名文句を語っているつもりなのだろうけど、色の白いのがどうのこうの、色が黒いのがどうのこうの、賢いとか愚かだとか、何の意味かはっきりしない。

それでいて何か意味ありげな感じもしないではないが、キャシオは彼は軍人だから…と上品な言いまわしで私におっしゃる。とても作法にあったものごし。女性に対して丁重な男で、話をしていても、楽しく、心安まる感じである。

——日

トルコ軍を全滅させたそうだ。戦勝と結婚のお祝いが重なり、城中いたる所が祝いの火で華やかであった。

キャシオが自分でよく監督すること、イヤゴーが几帳面に物事を処理する人間であるという話があった。特に、主人はイヤゴーのことを「彼は本当に誠実な男だ」と言われた。とにかく彼らに諸事まかせることにして……。主人もたいへんなご機嫌であった。しばらく時が経過してから、何か男達の間で騒ぎがあった様子。祝いの宴というのに酔って騒ぎを起こすとは。主人もこのようなことで各自に注意しなければならないのだから、気苦労もたえないはずだ。将軍として戦略上の指揮ばかりとっていられるのであればよいのだが、このようなささいなことまで神経をつかわなくてはならないとは。

——日

キャシオの願いを夫に話した。彼は本当に忠実深い男で、人間にありがちな誤ちであり、策略を企てるような男ではないはず。オセロ様のご機嫌をそこねたことに大変後悔しているのだから、夫も早く呼び戻してあげればよいのに。私の願いとしてお聞きとどけて下さればありがたいのだが。

「おまえの頼みは何でも聞いてやるよ」と言われたのだ。こんなに時間ばかりかかって、本当に考えていて下さるのだろうか。それとも、かつて彼が私に恋していたことを気にされているのか。何か夫の腹のなかにひっかかるものがあるようだ。願いはそれとしてしたのだから、あとはあの方のおっしゃられることを聞いて従うだけなのだが。それにしても、キャシオのどこが問題なのだろう。正直で、狡猾でも偽善者でもないはず。常にオセロ様のために働いていて、あの時は、たまたま失敗してしまっただけなのに。

——日

たいへんなことをしてしまった。あの方が大切に思われていた「ハンカチーフ」をなくしてしまった。

あの方の語るところによると、彼の母親があるジプシーの女性からもらったもので、魔法を使える彼女によれば、「ハンカチーフ」をなくすとその夫の愛情を失うのだそうだ。

とにかくたいへんなことになってしまった。重大なことだ。嫉妬心の強い男はこのことを知れば何をするかわからない。気づかれないようにしなければならない。

それには、例のキャシオの願いをとにかく言いつづけ、彼の脳裡から消えてしまわないように言いつづけたが、言えば言うほど彼の感情は高ぶり、ついに部屋から出ていってしまった。私も恐れていたことを予感した。彼は嫉妬しているのだ。彼は、キャシオがかつて私に恋していたことを知っている。これ以上言うことは、本当に彼の愛情を失ってしまうことになる。あの「ハンカチーフ」は何かを象徴しているのだろうか。何か不吉なものをそなえているのだろうか。

——日

あなたのために大切に守っていたのに、不義の何のと言われては、さらには淫売などとおっしゃる。不実の女だとか、淫売婦だとか、何故あんなに怒るのだろうか。どうして機嫌が悪いのか分らない。あなたの愛を一度だって裏切ろうとなんか思っていない。

イヤゴーは「ちょっとした気まぐれですよ。仕事のことであなたさまに当ったのでは……」それならよいのだが、本当に生きているのが嫌になってしまった。寝床には婚礼の時のシーツを敷いてくれるように頼み(眼が痛むと何か起きる前兆ゆえ)、エミリアには休んでもらうことにした。婚礼の時のシーツの上で、何か起こるかもしれない。しかし、神の御心のまま…。世の中にはわからないことが多すぎる。たとえば夫婦の間のことなんか特に。

(ある人が他人のために助言(骨折り)すればするほど「何かあるのではないか」という疑念を表わす典型である。デズデモーナの心とオセロとの心に本当の交流がないのではないか)

# マクベス夫人の日記

——日

わが夫、マクベスはスコットランドとスコットランド王との救い主！　運命の力によって王冠をいただけるはず（そのはずなのに息子マルカムをプリンス・オブ・カンバーランドにするとは）。

しかし王位への近道を選ぶには人間的すぎる。それを行なうには悪に徹しきれず、願うところのものは段取りに従っておやりになる。そんなことをしていたら、この世の華である王冠は、いつまでも手に入らない。私は演じなければならない、夫のために。

ダンカンが泊まってくれるとは、まさしく宿命的な人城だ！　夫に出来ないなら、私がやるしかない。でも私一人でできるものではないから、夫の助けがなくては。その夫の王冠のためにやるのだから。とにかく私にまかせてもらい、夫には平然とした顔をしていただいていればよいのだ。私がやればよいのだ。他人に我々の策謀がわかるわけがないのだ。見破れるわけはないのだ。手ぬかりはないのだから。

——日

　彼はこう言うのだ。「彼が最近名誉というものを私にくれた。また、私はあらゆる種類の国民から輝かしい評価を受けた。それを全く新しい輝きのままにしていたいから、そんなにすぐに捨てたくない」と。けれど彼には実行する勇気がないのだ。彼は弱い人間なのだ。野望があるのに、実現のための行動に踏みきれないでいる。

　私は決心した。体じゅうの力をしぼりだし、恐ろしい仕事にとりかかろう。さあ、平然とした気持で世間を欺こう。偽りの心が知っていることは、偽りの顔で隠さなくては。

——日

　大きな役割を演じなければならない。ダンカンの家来には薬を盛っておいた。すべての用意はしておいた。

　彼がダンカンを殺した時、彼が「音が？」と申されるから「梟が鳴いたし、こおろぎも」と。彼はかなり神経質になっている。

いや、むしろ、何か恐怖の声が耳から離れないようだ。手は血を染めて、その表情たるや「マクベスは眠りを殺した」である。眠っている人間や死んだ人間両方、ただの絵にすぎないのだ。絵にした悪魔を恐れるのは子供の眼だ。スコットランド生まれの人間は未知や迷信の世界を恐れて、計画どおりの行動ができないのだから、家来のところに短剣を置かなくてはだめなのに、持ってきてしまうとは。しかたがないから、私が事後処理をするのだ。露見してはまずいから、夫には夜寝ていたように見せかけるために、寝間着を着ているよう忠告した。

なぜか彼は、戸を叩く音に異常なくらい敏感になっている。

——日

マクダクもバンクォもあの殺人にたいへんな震えようであった。二人の家来の仕業だとみんな思っているようだ。まず計画は成功かな！夫もなかなかの役者だ。怒りのあまり、はやまって二人を殺してしまった。うろたえ、冷静さを失い決行してしまったのだ。私はどうかと言えば、失神してしまった。完全犯罪！大陰謀！みんなはこの恐怖のあまり私が失神してしまったと思い、私を介抱してくれたのだ。——二人の行動は露見すまい。心の暴露に要注意。

——日

私たちの願いはかなえられたが中味がともなわない。それでは、持てるものは何もないのと同じこと。私たちの目的を達成するためには手段をえらばぬ。

夫は来客があるのを忘れてしまう。酒宴での一言の言葉もなく出たり入ったり。形なきものを恐れ、見えなきものに震えるために、宴会をだめにしてしまった。夫は眠りが足りないのだ。心が乱れ、眠りつつも、眼はあけていらっしゃるのだ。ダンカン殺しからバンコーへと、血が血を招く人生道。

（前半はマクベス夫人が燃えて、マクベスは弱気であった。しかし後半は、マクベスは、夜の行為を昼にまで移して血の行為を行なうが、夫人は、夫を助ける緊張感がとけて、結果は、夢遊病者になり自殺してしまう。夫のために生きた女の悲しい最後である）

マクベス夫人像（英国：ストラッドフォード）

< 参考文献 >
The New Shakespeare Hamlet,King Lear
Othello,Macbeth., Dover WIlson,
Cambridge(1969)

Shakespeare A New Variorum Edition
Hamlet Vol, Ⅰ , Ⅱ ,King Lear,Othello,
Macbeth., H.H.Furness,Dover(1963)

シェークスピア全集　坪内逍遥譯　新樹社
（昭和 43 年）

## クレオパトラという女性

彼女はジュリエットと比較される女性である。純粋にも清らかに生きた彼女に対して、クレオパトラは愛欲に満ちた人生だとする見方が一般的である。しかしそれだけでは、今日もなお、演劇上、文学的な意味においても、生きていられるわけがない。生きているのは、それなりの重大な意味をもっているからである。彼女は世界の女性のある意味でのモデルとなっている。

彼女のはたした役割は立派に光っている。それはエジプトの王朝を、女一人で守ったからである。このことは、鎌倉幕府における政子（頼朝夫人）から尼将軍としての人生の道に似ている。政子は武家政権の確立の旗頭となった。クレオパトラはぐらついている王朝を愛の力関係によってもちこたえた。

クレオパトラは、アントーニオに「今度の結婚は、平和のためであって、自分の楽しみは東方にある」と言わせるほど、将軍である彼を惹きつけていた。彼女は、英雄たちの関係のなかで王朝を守っていった。男にその帝国を捨てさせてしまう程、何か神秘な魅力を持っている。

クレオパトラは、アントーニオとオクタヴィアス・シーザーの姉オクタヴィアとの結婚を知らされ、人間らしい激しい女の情念を燃やした。背丈を聞いたり、しゃべり方がどうかとか。オクタヴィアの存在は、クレオパトラにとって、気がかりなのである。内面には激しく燃えたぎっているものがある。

政子にも同じような気がかりの話がある。頼朝の女、亀の前という人。しかし、気がかりだけでなく行動を起こしたのである。部下に命じて、その女性の宅をぶちこわさせた。まさしく、すさまじいとしか言いようがない。どちらの女性も政治的に生きた生涯である。しかしクレオパトラは、エジプト王朝を必死に守り抜こうとした。彼女の死とともに王朝は終了したが、女の愛で男の愛をとらえることには成功した。

一方、政子は頼朝が他界したのちも源氏二代、三代と見守り（かなり悲しい思いをした頼家と実朝の死）尼将軍として朝廷との戦いを経て、武家政権の確立の役割を立派に果たした女性である。

# イヴという女性

イヴといえば、アダムという名前が必ず登場してくる。イヴの姿が鮮明に表わされているのは、ミケランジェロのイヴの楽園追放である。イヴはカインやアベルを生んだ。アベルは羊飼いとなり、アベルは土を耕す者となった。この兄弟の話は「ハムレット」のハムレット（兄）とクロディアス（弟）に関する批評で、その原型は、創世記に出てくる兄弟の話と重なるとする見方がある。亡霊の台詞によれば、劇の始まる前のハムレットの存在、庭園のイメージであるが、劇が始まってからの劇が「ハムレット」にあるのは雑草のはえた庭のイメージである。庭園の意味では同じく創世記のなかに展開される。次のごとく

（主なる神は東のかた、エデンに一つの園を設けて、その造った人をそこに置かれた。また主なる神は、見て美しく、食べるに良いすべての本を土からはえさせ、更に園の中央に命の木と、善悪を知る木とをはえさせられた。また一つの川がエデンから流れ出て園を潤し、そこから分れて四つの川となった。

（旧約聖書 1955 年改訳 日本聖書協会）

楽園の野性的で農耕的で豊かな環境を表わしている。クレオパトラの世界に蛇が登場するが、この楽園では蛇のそれは人類にとって最大の出来事となる。

> 主なる神は言われた「あなたは、なんということをしたのです」女は答えた「へびがわたしをだましたのです。それでわたしは食べました」主なる神はへびに言われた「おまえはこの事をしたので、すべての家畜、野のすべての獣のうち、最ものろわれる。おまえは腹で這いあるき、一生、ちりを食べるであろう。 （同書）

イヴは悪魔の誘いにのってしまったのである。出産の苦しみを一層たえなければならないことになる。成熟した女性としてアダムの前に存在している。自然の美、魅力的なものに鋭く反応する彼女である。それは女性独自の感性なのであるかもしれない。イヴはまさに果実の実そのものであって、成熟した女性であり、感受性豊かな人間的そのものの型である。アダムが先に造られて、それからイヴが造られたのは、神が人間アダムをつくり、その人間アダムからイヴが造られたということ。人間から人間として生まれたイヴは人間的であってよいし、アダムが惑わされずイヴが惑わされ、誤ちを犯したことは、イヴが人間的そのものである象徴的な例えといえる。

この象徴的な姿をよく表現しているのがアルブレヒト・デューラー（1471-1528）、ドイツ・ルネサンスの代表的画家の「アダムとイヴ」である。彼の作品は「大受難」「ヨハネ黙示録」が代表作とされており、すべて本版画シリーズとなっている。魂の表出を大切にしている彼の作品は、一度はみるべき価値がある。

# 万　葉　集

うらうらに　照れる春日(はるひ)に　ひばり上がり
心悲しも　独し思へば
　　　　　　　　　　（大伴家持）

梅の花　降り覆ふ雪を　包み持ち
君に見せむと　取れば消(け)につつ
　　　　　　　　　　（作者不詳）

田子の浦ゆ　うち出でて見れば　真白にぞ
富士の高嶺に　雪は降りける
　　　　　　　　　　（山部赤人）

春柳　葛城山に　立つ雲の
立ちても居ても　妹をしぞ思ふ
（柿本人麻呂）

春の野に　すみれ摘みにと　来し我れぞ
野をなつかしみ　一夜寝にける
（山部赤人）

我が背子が　古き垣内（かきつ）の　桜花
いまだ含めり　一目見に来ね
（大伴家持）

春されば　しだり柳の　とををにも
妹は心に　乗りにけるかも
（柿本人麻呂）

春雨の　しくしく降るに　高円（たかまと）の
山の桜は　いかにかあるらむ
（河辺東人）

香具山と　耳成山（みみなしやま）と　闘（あ）ひし時
立ちて見に来し　印南国原（いなみくにはら）
（中大兄皇子）

大夫(ますらを)の　靫(ゆき)取り負ひて　出でて行けば
別れを惜しみ　嘆きけむ妻
（大伴家持）

山吹の　立ちよそひたる　山清水
汲みに行かめど　道の知らなく
（高市皇子）

信濃なる　須我の荒野に　霍公鳥(ほととぎす)
鳴く声聞けば　時過ぎにけり
（東歌）

春過ぎて　夏来（きた）るらし　白妙の
衣干したり　天の香具山

（持統天皇）

大和には　鳴きてか来らむ　呼子鳥（よぶこどり）
象（さき）の中山　呼びぞ越ゆなる

（高市黒人）

国語学者 金田一秀穂 推薦

我妹子(もこ)が　心なぐさに　遣らむため
沖つ島なる　白玉もがも
（大伴家持）

写真家 織作峰子

大汝(おおなむち)　少御神(すくなみかみ)の　作らしし
妹背(いもせ)の山を　見らくしよしも
（柿本人麻呂）

女優 浅野温子 推薦
一寸法師のような小さな神

君に恋ひ　いたもすべなみ　奈良山の
小松が下に　立ち嘆くかも
（笠女郎）

国語学者 金田一秀穂 推薦

我が背子を　大和へ遣ると　さ夜更けて
暁露(あかときつゆ)に　我れ立ち濡れし
（大伯皇女）

作家 立松和平

いづくにか　船泊（ふなは）てすらむ　安礼（あれ）の崎
漕ぎ廻（た）み行きし　棚無し小舟
（高市黒人）

詩人 大岡信

恋にもぞ　人は死にする　水無瀬川
下ゆ我れ痩す　月に日に異（け）に
（笠女郎）

作家 田辺聖子

彦星の　妻迎へ舟　漕ぎ出らし
天の川原に　霧の立てるは
（山上憶良）

染色家 吉岡幸雄

伊勢の海人（あま）の　朝な夕なに　潜（かづ）くといふ
鰒（あはび）の貝の　片思（かたもひ）にして
（作者不詳）

伝承料理研究家 奥村彪生

妹として　ふたり作りし　我が山斎（しま）は
木高く茂く　なりにけるかも
（大伴旅人）

作家 町田康

安積山　影さへ見ゆる　山の井の
浅き心を　我が思はなくに
（作者不詳）

歴史学者 栄原永遠男

心の奥の無意識（フロイト）
精神科医 香山リカ - 万葉にある心の奥深さ
かくされたもの

烏（からす）とふ　大をそ鳥の　まさでにも
来まさぬ君を　ころくとぞ鳴く
（東歌）

国語学者 大野晋

旅にして　もの恋しきに　山下の
赤（あけ）のそほ船　沖を漕ぐ見ゆ
（高市黒人）

文化人類学者 片倉もとこ
6 世紀～ 8 世紀アラビアンナイトのような

天(あめ)の海に　雲の波立ち　月の舟
星の林に　漕ぎ隠る見ゆ
（柿本人麻呂）

画家 絹谷幸二推

多摩川に　さらす手作り　さらさらに
なにぞこの児の　ここだ愛(かな)しき
（作者不詳）

世田谷区小学校授業

西の市に　ただ独り出でて　目並べず
買ひてし絹の　商（あき）じこりかも
（作者不詳）

歴史学者 栄原永遠男

我が背子が　犢鼻（たぶさき）にする　つぶれ石の
吉野の山に　氷魚（ひお）ぞ下がれる
（安部子祖父）

ミュージシャン 坂田明

答へぬに　な呼び響(とよ)めそ　呼子鳥
佐保の山辺を　上り下りに
（作者不詳）

俳優 柳生博

飛ぶ鳥の　明日香の里を　置きて去(い)なば
君があたりは　見えずかもあらむ
（元明天皇）

文化人類学者 片倉もとこ

天皇(すめろき)の　御代栄えむと　東(あづま)なる
陸奥山(みちのくやま)に　黄金(くがね)花咲く

（大伴家持）

脳科学者 川島隆太

士(おのこ)やも　空しくあるべき　万代(よろづよ)に
語り継ぐべき　名は立てずして

（山上憶良）

作家 神坂次郎
戦時中の特攻隊をイメージできると、神坂氏語る

立山に　降り置ける雪を　常夏に
見れども飽かず　神(かむ)からならし
（大伴家持）

映像クリエイター 近衛忠大

上(かみ)つ毛野(けの)　安蘇のま麻(そ)むら　かき抱(むだ)き
寝(ぬ)れど飽かぬを　あどか我(あ)がせむ
（東歌）

国際日本文化センター名誉教授 中西進

父母が　頭掻き撫で　幸(さ)くあれて
言ひし言葉(けとば)ぜ　忘れかねつる
（防人）

画家 山口晃

我妹子(わぎもこ)が　額に生(お)ふる　双六(すごろく)の
こと負(ひ)の牛の　鞍の上の瘡(かさ)
（安部子祖父）

表象文化論者 小林康夫

もののふの　八十娘子（やそおとめ）らが　汲み乱（まが）ふ
寺井の上の　堅香子（かたかご）の花
（大伴家持）

作家 阿川弘之

信濃道（しなぬぢ）は　今の墾（は）り道　刈りばねに
足踏ましなむ　沓（くつ）はけ我が背
（労働歌）

大阪ガス元会長 野村明雄

鹿島嶺の　机の島の　しただみを
い拾(ひり)ひ持ち来て　石もち
つつき破り　早川に
洗ひ濯ぎ　辛塩に
こごと揉み　高坏(たかつき)に盛り
机に立てて　母にあへつや
目豆児(めづこ)の刀自(とじ)　父にあへつや
身女児(みめこ)の刀自(とじ)

（作者不詳）

歌人 馬場あき子

夏の野の　茂みに咲ける　姫百合の
知らえぬ恋は　苦しきものぞ
（大伴坂上郎女）

作家 辺見じゅん

霍公鳥（ほととぎす）　間しまし置け　汝（な）が鳴けば
我が思ふ心　いたもすべなし
（中臣宅守）

俳優 柳生博

世間(よのなか)は　まこと二代(ふたよ)は　ゆかざらし
過ぎにし妹に　逢はなく思へば
（作者不詳）

映画監督 河瀬直美

天(あま)の海に　雲の波立ち　月の舟
星の林に　漕ぎ隠る見ゆ
（柿本人麻呂）

天文学者 海部宣男
漢詩的で星の景色

な思ひと　君は言へども　逢はむ時
いつと知りてか　我が恋ひずあらむ
（依羅娘子）

ギタリスト 村治佳織

油火の　光りに見ゆる　吾がかづら
さ百合の花の　笑(え)まはしきかも
（大伴家持）

写真家 織作峰子
うたの世界を映像化

海神（わたつみ）の　豊旗雲（とよはたくも）に　入日さし
今夜の月夜　さやけくありこそ
（中大兄皇子）

東洋文化研究者 アレックス・カー

あしひきの　山のしづくに　妹待つと
我れ立ち濡れぬ　山のしづくに
（大津皇子）

画家 安野光雅

嘆きせば　人知りぬべみ　山川の
たぎつ心を　塞(せ)かへてあるかも
（作者不詳）

作曲家 千住明
画家 千住博

若草の　新手枕(にひたまくら)を　まきそめて
夜をや隔てむ　憎くあらなくに
（作者不詳）

脳科学者 川島隆太
数と感情

年のはに　鮎し走らば　辟田川（さきたかわ）
鵜（う）八（や）つ潜（かづ）けて　川瀬尋ねむ
（大伴家持）

鵜匠 山下純司
長良川の鵜

時の花　いやめづらしも　かくしこそ
見し明らめめ　秋立つごとに
（大伴家持）

表象文化論者 小林康夫
言葉というのは時の花

春日山　おして照らせる　この月は
妹が庭にも　さやけくありけり
（作者不詳）

文化人類学者 片倉もとこ
ゆとり、くつろぎ、アラビア・ラーハの世界

銀（しろがね）も　金（くがね）も玉も　何せむに
まされる宝　子にしかめやも
（山上憶良）

政治学者 姜尚中

蓮葉(はちすば)は　かくこそあるもの　意吉麻呂(おきまろ)が
家なるものは　芋の葉にあらし
（長忌寸意吉麻呂）

菓子文化研究家 太田達
さといも、いも名月
平安朝歌合わせ

あしびきの　山鳥の尾の　しだり尾の
ながながし夜を　ひとりかも寝む
（作者不詳）

宗教学者 山折哲雄
日本人の伝統的 個の独立
柿本人麻呂→親鸞→ほうさい
親鸞 個の自立

この世にし 楽しくあらば 来む世には
虫に鳥にも 我れはなりなむ
（大伴旅人）

発酵学者 小泉武夫
妻を亡くし、酒で悲しみをまぎらす。
都をはなれた時の人生哀歌。
人生をふりかえる哀歌。

君待つと　我が恋ひ居(を)れば　我が宿の
簾(すだれ)動かし　秋の風吹く
（額田王）

歌人 俵万智
天智天皇に愛された額田王。
人を待っている歌＝受身の時間ではなく、
自分自身を考えている。
私が主役。

あかねさす　紫野行き　標野(しめの)行き
野守は見ずや　君が袖振る
（額田王）

雅楽師 東儀秀樹
茶目気ある人
男と女が同じレベルで意識し合っていた

命あらば　逢ふこともあらむ　我がゆゑに
はだな思ひそ　命だに経ば
（狭野弟上娘子）

作家 辺見じゅん
越前に流された時うたった悲哀のうた
戦時中、兵士に出る人の多くは万葉集をもって…
当局にばれないため、家族には万葉の番号を残して
出兵する時の自分の気持ちを伝える。

高円(たかまと)の　野辺の秋萩　いたづらに
咲きか散るらむ　見る人なしに
（笠金村）

動物行動学者 日高敏隆

等夜の野に　兎ねらはり　をさをさも
寝なへ子ゆゑに　母に嘖はえ
（東歌）

歌人 馬場あき子
恋の比喩の面白さ

なでしこが　花見るごとに　娘子（をとめ）らが
笑まひのにほひ　思ほゆるかも
（大伴家持）

写真家 織作峰子
大伴家持 100 首以上花をよんでいる

夕されば　小倉の山に　鳴く鹿は
今夜は鳴かず　寐（い）ねにけらしも
（舒明天皇）

オカリナ奏者 宗次郎

父母が　殿の後方（しりへ）の　ももよ草
百代（ももよ）いでませ　我が来るまで

（生玉部足國）

作家 阿川弘之

戦地に出向く時、万葉集１冊持っていく

たらちねの　母を別れて　まこと我れ
旅の仮廬（かりほ）に　安く寝むかも

（日下部三中）

歌手 小林幸子

母を想う、母と別れて戦地に行く

眠れない、不安がつまっている

恋ひ恋ひて　逢へる時だに　うるはしき
言尽してよ　長くと思はば
（大伴坂上郎女）

作家 田辺聖子
こんないい歌をもらった。
男の人はこれに対してどう想うか

ふたり行けど　行き過ぎかたき　秋山を
いかにか君が　ひとり越ゆらむ
（大伯皇女）

作家 浅田次郎
弟を想う嘆きのうた。
彼女の残した六首のうたはドラマティック

伊香山(いかごやま)　野辺に咲きたる　萩見れば
君が家なる　尾花し思ほゆ
（笠金村）

台湾の歌人 高阿香

稲つけば　かかる我(あ)が手を　今夜(こよひ)もか
殿の若子(わくご)が　取りて嘆かむ
（作者不詳）

伝承料理研究家 奥村彪生

香塗れる　塔にな寄りそ　川隈(かはくま)の
屎鮒(くそふな)食(は)める　いたき女奴(めやつこ)
（長忌寸意吉麻呂）

発酵学者 小泉武夫
万葉時代、チーズのようなものを食べていた

足柄の　箱根の山に　粟蒔きて
実とはなれるを　粟無くもあやし
（作者不詳）

女優 浜美枝
粟ができたのに男が会いに来てくれない

夜のほどろ　我が出でて来れば　我妹子(わぎもこ)が
思へりしくし　面影に見ゆ
（大伴家持）

映画監督 篠田正浩
源氏物語の心の揺れうごく姿を表現している和歌。
大和言葉の美しい表現。

家にあらば　妹(いも)が手まかむ　草枕
旅に臥(こ)やせる　この旅人あはれ
（聖徳太子）

129代法隆寺管長 大野玄妙
十七条憲法「和をもって貴しとなす」

秋の野に　咲きたる花を　指折(およびお)り
かき数ふれば　七種(ななくさ)の花
（山上憶良）

世田谷区船橋小２年
教育特区万葉教育

経(たて)もなく　緯(ぬき)も定めず　娘子(をとめ)らが
織る黄葉(もみぢば)に　霜な降りそね
（大津皇子）

染色家 吉岡幸雄
1300 年前、錦織、法隆寺伝承
自然からの産物、人間のおおらかさ

君が行く　道の長手を　繰り畳(たた)ね
焼き滅ぼさむ　天(あめ)の火もがも
（狭野弟上娘子）

女優 真野響子
夫と引き裂かれる状況
おとがめのおとめ

振り放(さ)けて　三日月見れば　一目見し
人の眉(まよび)引き　思ほゆるかも
（大伴家持）

詩人 大岡信
16才の作品
眉のつけ根かゆくなるのは、恋しい人に会えるかも
坂上郎女は、尊敬するおばで額田王と比較される

今朝の朝明(あさけ)　雁が音聞き(ねき)つ　春日山
もみちにけらし　我(あ)が心痛し
　　　　　　　　　　（穂積皇子）

　作曲家 千住博
　音で感じてしまう。
　感性豊か。
　自分の人生の秋を感ずる。

秋の田の　穂向きの寄れる　片寄りに
君に寄りなな　言痛(こちた)くありとも
　　　　　　　　　　（但馬皇女）

　ミュージカル女優 新妻聖子
　ミュージカルナンバー「ミス・サイゴン」

今日なれば　鼻(はな)ひ鼻(はな)ひし　眉かゆみ
思ひしことは　君にしありけり
（作者不詳）

作家 川上未映子
いくつもの俗信が生れた

秋の田の　穂の上(へ)に霧(き)らふ　朝霞(あさかすみ)
いつへの方に　我(あ)が恋やまむ
（磐姫皇后）

歌人 岡井隆

みつみつし　久米の若子(わくご)が　い触れけむ
礒(いそ)の草根の　枯れまく惜しも
（河辺宮人）

詩人 吉増剛造
古代天文台、M音とＩ音の不思議

百伝ふ　磐余（いはれ）の池に　鳴く鴨を
今日のみ見てや　雲隠りなむ
（大津皇子）

作家 浅田次郎
壮大な叙事詩のよう…
いさぎよさ
一行の台詞によって主人公の性格が表現される

写真家 井上博道
草壁皇子を天皇にしようとした
大津皇子は文武両道に長けていた人で、
国家のことをよく考えていた人

うつそみの　人にある我れや　明日よりは
二上山(ふたがみやま)を　弟背(いろせ)と我が見む

（大伯皇女）

漫画家 里中満智子

言霊(ことだま)の 八十(やそ)の街に 夕占(ゆふけ)問ふ
占(うら)まさに告(の)る 妹は相寄らむ

（作者不詳）

歌舞伎役者 市川猿之助
大学では古代文学を学ぶ
辻占、夕暮れは昔きらわれた
太陽 天照大神

遠つ人　松浦佐用姫　夫恋ひに
領巾振りしより　負へる山の名
（作者不詳）

作家 森まつみ
ひれふみの山
ショールを振っているような別れを告げる
唐津

あな醜　賢しらをすと　酒飲まぬ
人をよく見ば　猿にかも似む
（大伴旅人）

俳優 浜畑賢吉

憶良らは　今は罷(まか)らむ　子泣くらむ
それその母も　我を待つらむぞ
（山上憶良）

女優 真野響子

うらさぶる　心さまねし　ひさかたの
天(あめ)のしぐれの　流らふ見れば
（長田王）

奈良県立万葉文化館名誉館長 中西進
うらさぶる、心さまねし
さび、しばしばなもの
個人の体験からはなれた孤独感
天地宇宙の一体感

娘子(をとめ)らが　織る機(はた)の上を　真櫛(まくし)もち
掻上(かか)げ栲島(たくしま)　波の間ゆ見ゆ
（作者不詳）

大谷大学（中国人）金偉
織物
少女の織物を織っている姿

旅人の　宿りせむ野に　霜降らば
我が子羽ぐくめ　天の鶴群（たづむら）
（遣唐使母）

和太鼓奏者 林英哲
遣唐使のこと、見送った母の気持
「空海千響」
弘法大師・空海

元サンパロウ大学教授 ジェニー・ワキサカによると
ある一定の階級の歌だけでなく、国民全体の大歌集
父の旅立ちのイメージと重なる

東（ひむがし）の　野にかぎろひの　立つ見えて
かへり見すれば　月かたぶきぬ
（柿本人麻呂）

元首相 細川護熙
日輪・月輪
文武天皇の狩りのことを人麻呂がよむ

元サンパウロ大学教授 ジェニー・ワキサカ
軽皇子←持統天皇は後継者と考えていた
ポルトガル語で翻訳
人生の美しさ・大きさのメッセージ

秋萩の　散りの乱(まが)ひに　呼びたてて
鳴くなる鹿の　声の遥けさ
湯原王（天智天皇の孫）

歌人 馬場あき子
時間のうつろい、
萩の花を見ながら人生のうつろいをうたう
萩をうたった数 142 首

橘は　実さへ花さへ　その葉さへ
枝(え)に霜降れど　いや常葉の木
（聖武天皇）

菓子文化研究家 太田達
井手の里（橘諸兄の家あり）
冬の常緑をうたった

我が里に　大雪降れり　大原の
古(ふ)りにし里に　降らまくは後
（天武天皇）

雅楽師 東儀秀樹
壬申の乱を制す→天武天皇
万葉時代からの雅楽
宮内庁の楽部

価（あたひ）なき　宝といふとも　一杯（ひとつき）の
濁れる酒に　あにまさめやも
（大伴旅人）

発酵学者 小泉武夫
つくり酒屋育ち（小泉）
にごり酒、酒づくりのルーツ
ふかした米を口でかませた：口上の酒
独居の友といえば酒
日常の無情（常）感：旅人が妻を亡くした時のうた

紅は　うつろふものぞ　橡（つるはみ）の
なれにし来ぬに　なほしかめやも
（大伴家持）

染色家 吉岡幸雄
越中での作
花粉がたまる史蹟有り

桜田へ　鶴（たづ）鳴き渡る　年魚市潟（あゆちがた）
潮干（しほひ）にけらし　鶴鳴き渡る
（高市黒人）

歌人 岡井隆
朝方、年魚市潟（名古屋）
この夜にあらわれる
鳥はつがいだが自分は一人旅

矢形尾の　真白の鷹を　宿に据ゑ
掻き撫で見つつ　飼はくしよしも
（大伴家持）

吉田流鷹匠
北陸での家持は何故タカを手に入れたか
屋形模様、白いタカは別格

大君は　神にしませば　天雲の
雷（いかづち）の上に　廬（いほ）りせるかも
（柿本人麻呂）

歌舞伎役者 市川猿之助
天皇の神聖さを表現
空想上の世界、超自然・宇宙をうたっている
ドラマティックの世界

さし鍋に　湯沸かせ子ども　櫟津（いちひつ）の
桧橋（ひばし）より来む　狐に浴（あ）むさむ
（長忌寸意吉麻呂）

俳優 浜畑賢吉
遊びごころ
疑音文化・言葉による感性
左脳的でなく、子どもの感性
日本の芸能の中にあるもの

新しき　年の初めの　初春の
今日降る雪の　いやしけ吉事（よごと）
（大伴家持）

映画監督 篠田正浩
天皇のために尽くした家持だが、
最後は官位をはずされ、島流しにされた。
悲惨な最後

かくのみに　ありけるものを　萩の花
咲きてありやと　問ひし君はも
（余明軍）

作家 檀ふみ
旅人の晩歌
父一雄が亡くなる晩年、東京は人間が住むようなところでないと九州に移り住む
ふみさんは父から「萩の花」が根づいたかと問われる
父の持っている万葉集のなかに自筆のこのうたの一片が出てくる

夢の逢ひは　苦しかりけり　おどろきて
掻き探れども　手にも触れねば
（大伴家持）

三味線演奏家・作曲家
端唄師 本條秀太郎

梓弓　引きみ緩へみ　来(こ)ずは来(こ)ず
来ば来そをなぞ　来ずは来ばそを
（作者不詳）

歌人 加藤千恵
言葉の発想の面白さ
古典の楽しさがにじんでいる

夏麻(そび)引く　海上潟(うみかたがた)の　沖つ洲(す)に
鳥はすだけど　君は音もせず
（作者不詳）

歴史学者 テッサ・モーリス・スズキ
人生のなかの沈黙（の声）
東アジアの文化
「天皇とアメリカ」
北朝鮮への手紙の不通

直越(ただごえ)の　この道にして　おしてるや
難波の海と　名付けけらしも
（神社老麻呂）

詩人 佐々木幹郎
おし照るや←枕詞
難波には「地霊」がある
生駒山から大阪湾がみえる
現代では「直越え（じきごえ）」という

このころの　我が恋力　記し集め
功(くう)に申さば　五位の冠(かがふり)

（作者不詳）

万葉学者 坂本信幸

平城京物語（五位の冠）

下級役人が 90%

休み・休む時届け出る

意外と厳しい労働条件

あしがりの　土肥（とひ）の河内に　出づる湯の
よにもたよらに　子ろが言はなくに
（相模国歌　防人）

俳人 黛まどか
頼りなく、しかし豊かに
最後の最後まで相当悩んでいる
うじうじ悩む原因は女性
ゆがわら、湯ヶ原

我が妻も　絵に描き取らむ　暇（いつま）もが
旅行く我れは　見つつ偲はむ
（物語古麻呂）

無言館（上田市）館主 窪島誠一郎
戦没学生の残していった絵画
人間という生きものは愛を描く

春の園　紅にほふ　桃の花
下照る道に　出で立つ娘子（をとめ）
（大伴家持）

人形美術家 川本喜八郎
＜人形アニメーション＞「死者の書」川本作
川本が青春時代に読んだ「斎藤茂吉 - 万葉歌集」のなかの家持の歌が 60 才にしてよみがえってきた

落ちたぎち　流るる水の　岩に触れ
淀める淀に　月の影見ゆ
（作者不詳）

書家 柿沼康二
1300 年前、いにしえのものを現代感覚で表現することの意味

難波人(なにはひと)　葦火(あしひ)焚く屋の　煤(す)してあれど
おのが妻こそ　常めづらしき
（作者不詳）

詩人 アーサー・ビナード
中原中也賞、奥さん詩人（日本人）
昔、大阪湾に葦があり大湿原

しきしまの　大和の国に　人二人
ありとし思はば　何か嘆かむ
（作者不詳）

国文学者・作家 林望によると、
萩原朔太郎も『恋愛名歌集』 で述べているが
「人二人」は一人の意味を述べている。

水鳥の　立ちの急ぎに　父母に
物言はず来（け）にて　今ぞ悔しき
（有度部牛麻呂）

作家 森巣博によると、
ピーター・フォンダの映画をみて感動。
17 才の時、実家を出る。
人を危めてはいけないという母の言葉が身にしみる。
母の最期に立ち会えない無念さ。

我が里に　大雪降れり　大原の
古りにし里に　降らまくは後
（天武天皇）

天武天皇が藤原夫人に送るうた。
天皇が多くの夫人方に対する思いやりのうたの一首。
言葉遊び

我が屋戸の　いささ群竹　吹く風の
音のかそけき　この夕(ゆふべ)かも
（大伴家持）

日本画家 松尾敏男によると、
小さな音に風を感ずる。
雨戸からすっと光がさし込んでくる。
ほんの事象の変化を感ずる感覚。
敏感さを持つ日本人のこまやかさ。

味飯(うまいひ)を　水に醸(か)みなし　我が待ちし
かひはかつてなし　直にしあらねば
（作者不詳）

伝承料理研究家 奥村彪生によると、
麹をつかって、酒をつくる。
米をあらい、おかゆにし、麹を入れる。
一晩つけこむ。
米を発酵させ、時間を待つ。
男女が待つ楽しさ・悲しさを表現

四季の歌

○初春の　初子（はつね）の今日の　玉箒（たまばはき）
手に取るからに　揺らく玉の緒
（大伴家持）

玉箒は、蚕を飼う棚の掃除をする道具

○水鳥の　鴨の羽の色の　青馬を
今日見る人は　限りなしといふ
（大伴家持）

○あしひきの　山の木末（こぬれ）の　ほよ取りて
かざしつらくは　千年寿（ちとせほ）くとぞ
（大伴家持）

鷲(わ)の住む　筑波の山の　裳羽服津(もはきつ)の
その津の上に　率(あども)ひて
娘子壮士(をとめをとこ)の　行き集ひ
かがふかがひに　人妻に
我も交らむ　我が妻に
人も言問へ　この山を
うしはく神の　昔より
禁(いさ)めぬわざぞ　今日のみは
めぐしもな見そ　事もとがむな
（高橋虫麻呂）

舞踏家 田中泯によると、
嬥歌会で人間が生きていく上での方向性。
大地のいぶき

若の浦に　潮満ち来れば　潟をなみ
葦辺(あしへ)をさして　鶴(たづ)鳴き渡る
(山部赤人)

日本画家 松尾敏男によると、
現実と創造の世界のなかで、風景の中に入りこむ。
そこから美意識を生み出し、創り出す。

君なくは　なぞ身装(みよそ)はむ　櫛笥(くしげ)なる
黄楊(つげ)の小櫛(おぐし)も　取らむとも思はず
(播磨娘子)

作家 新井満曰く
「あなたがいないのに
なぜ飾りをつけねばならぬのか」

はねかづら　今する妹を　うら若み
いざ率川(いさかは)の　音のさやけさ
（作者不詳）

紫の　まだらのかづら　花やかに
今日見し人に　後恋ひむかも
（作者不詳）

上代文学研究者 藤原茂樹曰く
かざし→今のかんざし

巨勢山(こせやま)の　つらつら椿　つらつらに
見つつ偲はな　巨勢の春野を
(坂門人足)

歌舞伎役者 中村扇雀曰く、
言葉のもつ力、「音・間」
持統天皇の命を心配した歌。

うち日さす　宮道(みやぢ)を人は　満ち行けど
我が思ふ君は　ただひとりのみ
(作者不詳)

歌人 加藤千恵によると、
朱雀門
人の群れの中の彼のことを思う。
人の中の孤独のことをも。

山高み　川とほしろし　野を広み
草こそ茂き　鮎走る夏の盛り
　　　　　　　　　　　（大伴家持）

季節のめぐりを感じると、
風土記にも鮎は全国的にとれる。
万葉人も食すと、上代文学研究者 森陽香語る。
小説も書く。

なかなかに　人とあらずは　桑子にも
ならましものを　玉の緒ばか
　　　　　　　　　　　（作者不詳）

分子生物学者 福岡伸一によると、
人間とほかの生物とのつながり
古代の生命観
太古からの生命現象

佐保山に たなびく霞　見るごとに
妹を思ひ出　泣かぬ日はなし
（大伴家持）

万葉学者 坂本信幸によると、
平城京の埋葬地にちなんでうたっている。

富人（とみひと）の　家の子どもの　着る身なみ
腐（くた）し捨（す）つらむ　絹綿（きぬわた）らはも
（山上憶良）

評論家 佐高信によると、
経営者（富人）たちの意識社会の中の個人尊重。
現代経営者たちへの提言

朝寝髪(あさねがみ)　我れは梳(けづ)らじ　うるはしき
君が手枕　触れてしものを
（作者不詳）

三味線演奏家・作曲家 三篠秀太郎によると
与謝野晶子の「ひとすじに、あやなく、君が指おち、
みだれなおとす、夜の黒髪」

恋草を　力車に　七車
積みて恋ふらく　我が心から
（広河女王）

林芙美子の『秋果』にあたると、
作家 太田治子はふれる。

秋山の　黄葉(もみぢ)を茂み　惑ひぬる
妹を求めむ　山道(やまぢ)知らずも
（柿本人麻呂）

作家たちの万葉集
堀辰雄『風立ち』『大和路・信濃路』
日本文学研究者 ロバート・キャンベルによると、
核になる瞬間そこに歌・万葉集がある。
柿本人麻呂の妻が亡くなった時、血の涙を出して泣き、
哀みいたんでよんだ歌（久松潜一「万葉秀歌(1)」）

高円(たかまと)の　野辺のかほ花　面影に
見えつつ妹は　忘れかねつも
（大伴家持）

華道池坊流家元 池坊由紀によると、
生け花、つぼみ、咲いていく姿
生命の経過をみていく想像力をかきたてる。

廬原(いほはら)の　清見の崎の　三保の浦の
ゆたけき見つつ　物思ひもなし
（田口益人）

政治学者 原武史によると、
都の混乱の中、上野国（群馬）に勤務する時の風景、
駿河の国の途中、伊豆の風景を見てうたう。

昼は咲き　夜は恋ひ寝る　合歓木（ねぶ）の花
君のみ見めや　戯奴さへに見よ
（紀女郎）

シャンソン歌手 クミコによると
つやのあるうた、性愛のうたであるが
上品な色香がある。
シャンソンにも通ずる。

近江の海　夕波千鳥（ゆふなみちどり）　汝（な）が鳴けば
心もしのに　いにしへ思ほゆ
（柿本人麻呂）

音韻学者 森博達によると、
音響効果を生かす。

くへ越しに　麦食(は)む小馬の　はつはつに
相見(あひみ)し子らし　あやに愛(せな)しも
（作者不詳）

伝承料理研究家 奥村彪生によると、
写経に疲れている下臣に麺をだす。
古代万葉時代のくらしぶりを表わしている。

対馬の嶺は　下雲(したぐも)あらなふ　可牟(かむ)の嶺に
たなびく雲を　見つつ偲はも
（防人）

ノンフィクション作家 佐野真一によると、
防人は雲にたとえて、雲に思いをよせ、
国境線を考える。
雲海には線はない。人間がひいたもの。
雲・海には関係ない。

民芸学者 宮本常一は、万葉に心ひかれて
たなびく雲 などに…

穴師川　川波立ちぬ　巻向(まきむく)の
弓月(ゆつき)が岳(たけ)に　雲居立てるらし
（柿本人麻呂）

気象予報士 半井小絵によると、
雨による農作物の作用。
身の回りの自然感じとる。

大橋の　頭(つめ)に家あらば　ま悲しく
独り行く子に　宿貸さましを
（高橋虫麻呂）

詩人 佐々木幹朗によると、
娘子をひっかける…橋は、男女の出会いの場

君が行く　海辺の宿に　霧立たば
我が立ち嘆く　息と知りませ
（新羅派遣使）

歴史学者 テッサ・モーリス・スズキによると、
古代社会の側面。
たとえばアジア大陸との深い係わり
シルクロード↔新羅

天地(あめつち)の　別れし時ゆ　神さびて
高く貴き　駿河なる
富士の高嶺を　天の原
振り放(さ)け見れば　渡る日の
影も隠らひ　照る月の
光も見えず　白雲も
い行(ゆ)きはばかり　時じくぞ
雪は降りける　語り継ぎ
言ひ継ぎ行かむ　富士の高嶺は
（山部赤人）

作家・作曲家 新井満によると、
日本最古の万葉に富士は出てくる。
富士と対峙すると、そのすばらしさ、雄大さ、気品に
敬愛の念を覚える。

我が宿の　時じき藤の　めづらしく
今も見てしか　妹（いも）が笑（え）まひを
（大伴家持）

上代文学研究者 藤原茂樹によると、
当時、花・植物を贈りものにしている。
海藻なども。
貝がらなどは旅の土産。
年寄を敬愛

新羅へか　家にか帰る　壱岐の島
行（ゆ）かむたどきも　思ひかねつも
（六人部鯖麻呂）

朝鮮史研究家 李成市によると、
新羅と日本の奇妙な交流があるが、
行きかう交流ははげしい。
184 首の新羅派遣使。

我が盛り　またをちめやも　ほとほとに
奈良の都を　見ずかなりなむ
（大伴旅人）

エッセイスト フランソワーズ・モレシャンによると、
パリで日本語を学び、日仏文化交流を…。
生け花・万葉のシンプルさ、旅人に共感した。
洗練された都を表す。

我妹子(わぎもこ)が　形見の合歓(ねぶ)木は　花のみに
咲きてけだしく　実にならじかも
（大伴家持）

指揮者 大友直人によると、
今より自由な時代
血のつながり、DNA に親しさを感じる。
「合歓の孤悲」を作曲。哀愁のあるもの。

生ける者　遂にも死ぬる　ものにあれば
この世なる間は　楽しくをあらな
（大伴旅人）

倫理学者 竹内整一によると、
日本人の精神史。浄土教↔この世を楽しく生きる
↑『徒然草』『葉隠』のなかにある。

天の川　水陰草の　秋風に
靡（なび）かふ見れば　時は来にけり
（柿本人麻呂）

上代文学研究者 森陽香によると、
七夕－織姫と彦星、妻問婚。

あをによし　奈良の大道（おほぢ）は　行きよけど
この山道は　行き悪しかりけり
（中臣宅守）

万葉学者 坂本信幸によると、
当時は中国の都をまね、朱雀門の道路を
幅 74 メートルとしている。

すべもなく　苦しくあれば　出で走り
去（い）ななと思へど　こらに障（さや）りぬ
（山上憶良）

教育社会学者 本田由紀によると、
自分が責任を果たさなければならない。
何のために生きているのか。

春日なる　御笠の山に　月の舟出づ
風流士（みやびを）の飲む酒杯に　影に見えつつ
（作者不詳）

ワインソムリエ 田崎真也によると、
白ワインのイメージ。

泊瀬（はつせ）の　斎槻（ゆつき）が下に　我が隠せる妻
あかねさし　照れる月夜（つくよ）に　人見てむかも
（作者不詳）

歌人 岡野弘彦によると、
ふるさとの神話の世界（伊勢）
背後にどんな物語が隠されているか。

相思はぬ　人を思ふは　大寺の
餓鬼の後方(しりへ)に　額(ぬか)つくごとし
（笠女郎）

人形美術家 川本喜八郎によると、
大人の女のうた。
大伴家持への思いのうた。

たまきはる　宇智(うち)の大野に　馬並(な)めて
朝踏ますらむ　その草深野
（中皇命）

150 人の画家が万葉を絵に
画家 高山辰雄は、宇宙を感ずる。
100 年後に作品が残っているのか。

月読(つくよみ)の　光りに来ませ　あしひきの
山きへなりて　遠からなくに
（湯原王）

女優 和央ようかによると、
夜空の月を見ると落ち着き、自分の小ささを感ずる。

はねかづら　今する妹（いも）が　うら若み
笑（え）みみ怒りみ　付けし紐解く
（作者不詳）

写真家 土田ヒロミによると、
NHK短歌の写真を撮っている。
わび・さびでもあるが、エロスの感覚。
中年男の感性、若い時から中年男の感覚の動き。

三輪山を　しかも隠すか　雲だにも
心あらなも　隠さふべしや
（額田王）

大神神社宮司 鈴木寛治によると、
三輪山に霊気を感ずる。
目には見えないものを感ずる。
万葉人はあらゆるところに神を。
新しい都のことへの祈り。

はしたての　熊来酒屋に　まぬらる奴（やつこ）
わし　さすひ立て　率（ゐ）て来なましを　まぬらる奴（やつこ）　わし
（作者不詳）

能登杜氏 農口尚彦によると、
酒づくりとつながる。
米をあらい、麹づくり、体を使っている様子。

秋づけば　尾花が上に　置く露の
消ぬべくも我は　思ほゆるかも
（日置長枝娘子）

作家 関川夏央によると
『草枕』『虞美人草』『こころ』
三角関係をテーマにしている。
特に『草枕』は「非人情」をテーマにした典型。
（漱石は万葉から小説を書く上でのヒントを得ている。横森評釈）

年長く　病みしわたれば　月重ね
憂へさまよひ　ことことは
死ななと思へど　五月蝿(さばへ)なす
騒く子どもを　打棄(うつ)てては
死には知らず　見つつあれば
心は燃えぬ　かにかくに
思ひ煩(わづら)ひ　音のみし泣かゆ
（山上憶良）

作家 高橋源一郎によると、
リアリティを感ずる。
年取っての子供のこと。
自分の余命の短さと子供が育っていく比率のこと。

夏山の　木末(こぬれ)の茂に　霍公鳥(ほととぎす)
鳴き響むなる　声の遥けさ
（大伴家持）

生命誌研究者 中村桂子によると、
遠くから聞こえてくる声、音がもつ広がり、
時の流れを…

かにかくに　物は思はじ　飛騨人の
打つ墨縄の　ただ一道(ひとみち)に
（作者不詳）

大工 金子公彦によると、
墨縄にひとすじの恋を思う。
大工の心の心髄。
より正確に造るための墨つけ。

朝髪の　思ひ乱れて　かくばかり
汝姉（なね）が恋ふれぞ　夢に見えける
（大伴坂上郎女）

無言館（上田市）窪島正一郎によると、
親子の絆は離れているからわかる場合。
心の遠いところで親を思う。

夢の逢ひは　苦しかりけり　おどろきて
掻き探れども　手にも触れねば
（大伴家持）

三味線演奏家・作曲家 本篠秀太郎によると、
夢一寝目（当時の発音、音楽的に聞こえる）

石麻呂に　我れ物申す　夏痩せに
よしといふものぞ　鰻捕り食せ
（大伴家持）

伝承料理研究家 奥村彪生によると、
古代の人々のくらしを万葉は伝えている。
奥村は－再現－

- ぶつ切りにする
- くしにさす
- 炭で焼く
- 味噌をそえて食べる

この世にし　楽しくあらば　来む世には
虫に鳥にも　我れはなりなむ
（大伴旅人）

書家 柿沼康二によると、
朱色の墨を使い、座右の銘の時使う。
書には何かエネルギーを感じさせる。

もののふの　八十宇治川（やそうじかわ）の　網代木（あじろき）に
いさよふ波の　ゆくへ知らずも
（柿本人麻呂）

分子生物学者 福岡伸一によると、
生きもの現象の流転
あじろきとは、川での魚のとり方
昔から考えてきたことは今も同じ
鴨長明・哲学者等は、昔からの営みは
今も同じと考えるメッセージ

我れのみや　夜船は漕ぐと　思へれば
沖辺の方(かた)に　楫(かぢ)の音すなり
（作者不詳）

歌舞伎役者 中村扇雀によると、
静寂さと音のもつ生命感。

大船に　真楫(まかぢ)しじ貫き　この我子(あこ)を
唐国へ遣(や)る　斎(いは)へ神たち
（光明皇后）

遣唐使へのうた。
皇后が藤原清河に送ったうた。

彦星と　織女(たなばたつめ)と　今夜(こよい)逢ふ
天の川門に　波立つなゆめ
（作者不詳）

気象予報士 半井小絵によると、
七夕のうた。
当時の暦では立秋過ぎると秋の気配130首。

天地（あめつし）の　いづれの神を　祈らばか
愛（うつく）し母に　また言とはむ
（大伴部麻与佐）

歌人 岡野弘彦によると、
太平洋戦での思い、家族から離れた時の思い、
自らの悲痛な思い。
防人の方が今より自由に発言。
防人の自由な祈り。

ひぐらしは　時と鳴けども　片恋に
たわや女(め)我れは　時わかず泣く
（作者不詳）

ぐんま昆虫の森 名誉園長 矢島稔によると、
空気が澄みきって、音があんまりない時代のうた。
生命は短い。アゲハとひぐらし

移り行く　時見るごとに　心痛く
昔の人し　思ほゆるかも
（大伴家持）

編集者 見城徹によると、
自分はいつか死ぬと子供の頃思った。
70 才で死ぬと考え、自分のやることを決めていた。
名もなき人の生と死（足音）

ももしきの　大宮人（おおみやびと）は　暇（いとま）あれや
梅をかざして　ここに集（つど）へる
（作者不詳）

詩人 アーサー・ビナードによると、
役人たちは花や紅葉狩りを楽しむ。
people watching 気楽な家業、近・現代の文学に通じる。
plum blossoms － Ume

萩の花　尾花葛花　なでしこの花
をみなへし　また藤袴　朝顔の花
（山上憶良）

デジタル・アーティスト 季里によると、
技巧的なうた。

珠洲（すず）の海に　朝開きして　漕ぎ来れば
長浜の浦に　月照りにけり
（大伴家持）

能登杜氏 農口尚彦によると、
京から田舎に来て、よさを感ずる。
珠洲は能登。長浜は富山の氷見あたり。

降る雪は　あはにな降りそ　吉隠(よなばり)の
猪養(ゐかい)の岡の　寒からまくに
（穂積皇子）

女優 緒川たまきによると、
他者への気持ちを…

伊香保ろの　やさかのゐでに　立つ虹の
現(あら)はろまでも　さ寝をさ寝てば
（東歌）

シャンソン歌手 クミコによると
『願い』の曲と似ている。
君と一緒にいたい。
性愛のうた。

布勢の海の　沖つ白波　あり通ひ
いや年のはに　見つつ偲はむ
（大伴家持）

作家 関川夏央によると、
家持の半数は富山の地をうたっている。
おおらかさと家持の人間性を表現。

うらぶれて　物は思はじ　水無瀬川
ありても水は　行くといふものを
（作者不詳）

映画監督 古新舜によると、
問答歌。
清涼水のようなさわやかさ。

真木柱（まきばしら）　ほめて造れる　殿のごと
いませ母刀自（ははとじ）　面変（おめ）はりせず
（坂田部首麻呂）

大工 金子公彦によると、
1300 年前から母を思う気持ちは同じ。
母のために建てたもの。
真木柱とは大黒柱のこと。

沼名川(ぬながは)の　底なる玉
求めて 得し玉かも
拾ひて 得し玉かも
あたらしき 君が
老ゆらく惜しも

（作者不詳）

玉＝ひすい。
作家 森村誠一によると、
松本清張は「万葉考古学」と名づけ、
推理小説を書いている。

昨日こそ　君はありしか　思はぬに
浜松の上に　雲にたなびく
（大伴三中）

教育社会学者 本田由紀によると、
現代の過労死、まじめな人ほど悩み、自ら絶つ。
自己実現をめざす社会状況、社会のゆがみ。

熟田津（にきたつ）に　船乗りせむと　月待てば
潮もかなひぬ　今は漕ぎ出でな
（額田王）

地質学者 王源
天・地・人を瞬間的にシャッターを切ったような世界
犬養孝に学ぶ（台北の王氏）

俳優 辰巳琢朗によると、
自然に逆らわずに生きる。
最後７でなく８とし…言葉のもつ力。

面形の　忘れむしだは　大野ろに
たなびく雲を　見つつ偲はむ
（作者不詳）

気象予報士 半井小絵によると、
雲によって人間の気持の変化
夏の雲の勢いあるエネルギー。
すじ雲・おぼろ雲など、雲を詠んだうた200首

ひさかたの　雨も降らぬか　蓮葉(はちすば)に
溜まれる水の　玉に似たる見む
（作者不詳）

伝承料理研究家 奥村彪生によると、
古代人のくらしを万葉の言葉によって
蘇らせることができる。
蓮葉で魚をつつみ、熱した石の上にそれを置き、
その上に小石をかけて、蒸し焼きにする。

住吉の　粉浜(こはま)のしじみ　開けもみず
隠(こも)りてのみや　恋ひわたりなむ
（作者不詳）

伝承料理研究家 奥村彪生によると、
昔からしじみは鉄分もあり、愛用されていた。
◎しじみ・のびる　酢みそ和え
しじみ汁を再現

年の経(へ)ば　見つつ偲へと　妹が言ひし
衣の縫目　見れば悲しも
（作者不詳）

作家 太田治子によると、
父 太宰のために母が縫っている姿を思いうかべ、
今も残っているブルーのマフラー（母の作品）を思う。

時雨の雨　間なくな降りそ　紅に
にほへる山の　散らまく惜しも
（作者不詳）

指揮者 大友直人によると、
万葉時代の楽の音、雅楽の音、現代に通じる。
西洋音楽は 200 年で変化しているが、日本のものは
1000 年経っても自然をうたっている。
心にせまる情景・空気がひらけている。

たらつねの　母が養ふ蚕の　繭隠り
隠れる妹を　見むよしもがも
（作者不詳）

ぐんま昆虫の森 名誉園長 矢島稔によると、
葉っぱをきざんで蚕を飼う。
人の子のように大切にしている。

道の辺の　いちしの花の　いちしろく
人皆知りぬ　我が恋妻は
（柿本人麻呂）

歌人 岡野弘彦によると、
古代のいぶき。
鮮烈な彼岸花を恋心に託してうたう。

語り継ぐ　からにもここだ　恋しきを
直目(ただめ)に見けむ　古(いにし)へ壮士(をとこ)
（田辺福麻呂）

語り部 平野啓子によると、
二人の男から求愛された女

我が宿の　萩花咲けり　見に来ませ
いま二日だみ　あらば散りなむ
（巫部麻蘇娘子）

落語家 桂文珍によると、
自然のなかに生かされている。
「月下美人」一晩だけ咲く。

秋の田の　穂田の刈りばか　か寄りあはば
そこもか人の　我を言成(ことな)さむ
（作者不詳）

上代文学者 森陽香によると、
収穫を神に報告→新嘗祭
男女の恋愛をこめて詠っている。

一世(ひとよ)には　ふたたび見えぬ　父母を
置きてや長く　我が別れなむ
（山上憶良）

評論家 杉山邦博によると、
相撲節会といい、「寄りたおし」というような技。
当時土俵はなかったが、力を誇示する古代の姿。

北山に　たなびく雲の　青雲の
星離(さか)り行き　月を離れて
（持統天皇）

分子生物学者 福岡伸一によると、
一つの passage。
生命はどのようなものか。

家にあらば　妹が手まかむ　草枕
旅に臥(こ)やせる　この旅人あはれ
（聖徳太子）

金剛家当主 金剛利隆によると、
先祖（百済からの帰化人）が四天王寺を建立の話。

天地（あめつち）と　久しきまでに　万代（よろづよ）に
仕へまつらむ　黒酒白酒（くろきしろき）を
（文室真人智努）

能登杜氏 農口尚彦によると、
作る人が人によろこんでもらうため。

我れはもや　安見児（やすみこ）得たり　皆人（みなひと）の
得かてにすとふ　安見児得たり
（藤原鎌足）

映画監督 井筒和幸によると、
天皇の官女を藤原鎌足は自分のものにしてしまう。
鎌足がいかに権力をもっていたかわかる。

酒杯(さかづき)に　梅の花浮かべ　思ふどち
飲みての後は　散りぬともよし
（大伴坂上郎女）

画家 林静一によると、
ロンドンでウィスキーを年いった人が上品にたしなんでいる姿が印象的であった。
梅の原産は中国。
異国のおもむきを感じさせ、当時都では一つのステイタスとなっていた。
彼は万葉をイメージして絵にしている。

千鳥鳴く　佐保の川瀬の　さざれ波
やむ時もなし　我が恋ふらくは
（大伴坂上郎女）

日本画家 上村淳之によると、
鳥の絵を描いて 50 年。
千鳥は遠く離れた国からやってくる…
声がきれいで、いさぎよく、すばやく、清らかな世界。
上村氏自ら飼育している。

久方の　天の川瀬に　舟浮けて
今夜か君が　我がり来まさむ
（山上憶良）

小泉八雲
『天の川幻想　ラフカディオ・ハーン珠玉の絶唱』
七夕のうた
日本文学研究者 ロバート・キャンベルによると、
自然と人間のとらえ方が千年も変わらない。
西洋の8世紀以降の詩など現代の一般人は読めない。
万葉集は世界に誇れる詩の世界がある。
世界最古の階級に係わりのない歌集。
後に古今和歌集・新古今和歌集になる。

防人に　立ちし朝開(あさけ)の　金戸出(かなとで)に
たばなれ惜しみ　泣きし子らはも
（防人）

ノンフィクション作家 澤地久枝によると、
満州育ちで、内地に帰ってきて荒野日本を嫌った。
早稲田大学夜間部で万葉を学び、失われた世界／戦後の日本の時、万葉に出会う。

天の原　振り放(さ)け見れば　大君の
御寿(みいのち)は長く　天足(あまた)らしたり
（倭皇后）

歌人 岡野弘彦によると
天智天皇の死の間際にうたったもの。
呪術的性格のうた。

言問はぬ　木すら妹（いも）と兄（せ）と　ありといふを
ただ独り子に　あるが苦しさ
（市原王）

作家 太田治子によると、
自分も一人っ子
故に自分一人で空想の世界にひたれる。
兄弟がたくさんいても孤独なもの

しなが鳥　安房に継ぎたる　梓弓
周淮（すえ）の珠名は　胸別（むなわ）けの
広き我妹（わぎも）　腰細の
すがる娘子の　その顔の
きらきらしきに　花のごと
笑みて立てれば　玉桙（たまほこ）の
道行く人は　おのが行く
道は行かずて　呼ばなくに
門に至りぬ　さし並ぶ
隣の君は　あらかじめ
己妻（おめづま）離（か）れて　乞（こ）はなくに
鍵さへ奉る　人皆の
かく惑へれば　たちしなひ
寄りてぞ妹は　たはれてありける
（高橋虫麻呂）

ぐんま昆虫の森 名誉園長 矢島稔によると、
美女か遊女か、地バチにたとえて
腰のくびれ具合が美しい姿をうたっている

風をだに　恋ふるは羨（とも）し　風をだに
来むとし待たば　何か嘆かむ
（鏡王女）

俳人 黛まどかによると、
言葉のくり返しで意味を深める。

作家 朝吹真理子によると、
風を受けた時、何か皮ふ感覚でざわつきを感ずる。
人間の気配の感覚を覚える。

黄葉（もみぢば）を　散らす時雨に　濡れて来て
君が黄葉を　かざしつるかも
（久米女王）

エッセイスト フランソワーズ・モレシャンによると、
自然を見に行く日
仏文化交流のなかで日本人の自然観を見出す。

愛（うつく）しと　我（あ）が思ふ妹は　早も死なぬか　生けりとも
我れに寄るべしと　人の言はなくに
（柿本人麻呂）

作家 村山桂子によると、
宴席でうたわれたもの。
表現とはなにか、ナルシストのようなもの、
達観したものがある。
死を身近にして生を感じる。

物皆は　新たしきよし　ただしくも
人は古(ふ)りにし　よろしかるべし
(柿本人麻呂)

生命誌研究者 中村桂子によると、
生命の歴史研究バクテリア・虫類等、いきものの有様、
生きものから時間を感ずる。

奈良山の　児手柏(このてかしは)の　両面(ふたおも)に
かにもかくにも　佞人(こびひと)の伴
（消奈行文）

作家 松井今朝子によると、
人間うら・おもてのある人物、心がねじれた人もいる。
ストレートにものを述べている。

勝鹿の　真間の手児名が　麻衣（あさぎぬ）に
青衿（あおくび）着け　ひたさ麻を
裳には織り着て　髪だにも
掻きは梳（けづ）らず　沓（くつ）をだに
はかず行けども　錦綾（にしきあや）の
中に包める　斎（いは）ひ子も
妹にしかめや　望月の
足れる面わに　花のごと
笑みて立てれば　夏虫の
火に入るがごと　港入りに
舟漕ぐごとく　行きかぐれ
人の言ふ時　いくばくも
生けらじものを　何すとか
身をたな知りて　波の音の
騒く港の　奥城（おくつき）に
妹が臥（こ）やせる　遠き代に
ありけることを　昨日しも
見けむがごとも　思ほゆるかも
（高橋虫麻呂）

風俗史研究家 井上章一によると、
貧しい人でも多くの男たちが求婚。
美しい人は不幸のもと、群がる男たちでなく美しい人
が悲劇となるいわれが大正時代にはあった。
万葉時代には貧しい人・美しい人に対する価値基準が
確立していなかった。

霜月　春の山－春山万花
　　　秋の山－秋山千葉

冬こもり　春さり来れば　鳴かずありし
鳥も来鳴きぬ　咲かずありし
花も咲けれど　山を茂み
入りても取らず　草深み
取りても見ず　秋山の
木の葉を見ては　黄葉をば
取りてぞ偲ふ　青きをば
置きてぞ嘆く　そこし恨めし
秋山吾は

（額田王）

なかなかに 人とあらずは 酒壷に
なりにてしかも 酒に染みなむ
（大伴旅人）

落語家 桂文珍によると、
酒のうた13首の一首。
自笑の世界

君が行き　日長（けなが）くなりぬ　山尋ね
迎へか行かむ　待ちにか待たむ
（磐姫皇女）

悲しいうたであり、嫉妬など抱えたうた。
人の気持ち、自分の気持ちを抱えながら待つ心。

そき板もち　葺(ふ)ける板目の　あはざらば
いかにせむとか　我が寝そめけむ
（作者不詳）

金剛家当主 金剛利隆によると、
大工仕事と同じく夫婦のみちも同じく仲よく生きること。四天王寺（宮大工）の神事。

秋萩の　散りゆく見れば　おほほしみ
妻恋すらし　さを鹿鳴くも
（作者不詳）

万葉学者 坂本信幸によると、
鹿のものすべてを人の生活の道具に使った（万葉時代）
鹿の毛一ふで。
鹿の鳴き声は哀愁をおびた声。
春日大社一白鹿を神鹿として保護している。

## 参考文献

『万葉秀歌（一）〜（五）』久松潜一（講談社学術文庫）
『万葉集の鑑賞及びその批評』　島木赤彦
（講談社学術文庫）
『万葉集入門』　上村悦子（講談社学術文庫）
『万葉集の美と心』　青木生子（講談社学術文庫）
『百代の過客』『続百代の過客』ドナルド・キーン
（朝日選書）
『日本人の美意識』ドナルド・キーン（中公文庫）
『古典の愉しみ』ドナルド・キーン（JICC 出版局）
『英語でよむ万葉集』リービ英雄（岩波新書）
『万葉集に出会う』太谷雅夫（岩波新書）

# 人生の詩

自然と人生の意味をうたったアメリカロマン主義者のロングフェローとイギリスロマン主義者のワーズワースとキーツは、我々に深い感動をあたえた。キーツの詩はシェイクスピア的と言われ、その言葉の色彩はあざやかである。また、ワーズワースの「子供は大人の父である」の文章に出会うと、ウィリアム・ブレイクの「ソングズ・オブ・イノセンス」の世界を想起する。大ぜいの天使たちの歌の、天使たちの集まりの風景が眼のまえに広がってくる。

## (1) My Heart Leaps Up

My heart leaps up when I behold
 A rainbow in the sky.
So was it when my life begain;
So is it now I am a man;
So be it when I shall grow old,
 Or let me die!
The child is father of the man;
And I could wish my days to be
Bound each to each by natural piety.

William Wordsworth

W.Wordsworth(1770 - 1850)
英国詩人の一人として有名であり、ロマン主義の最もすぐれた詩人である。
妹のDorothyとの散歩の時、野の花などの自然の風景を心にとらえ、それらを題材にして詩作をした。
風光明美な湖水地方がロマン文学の世界に重なり、彼の魂は自然風景に歓喜させられた。
S.T.Coleridge(1772-1834)という親友によって彼の詩の世界も最高頂に達した。

## (1) わたしの心は躍動する

わたしの心は躍動する
空の虹をみて。
わたしの生命が始まりしときそのごとく
大人になりにし今や　そのようだ
老人になりにしとき　そのようであれ。
さもなくばわたしをして死を！
幼な子は大人の父であり
望めるならわたしの日々が
自然への畏敬と結ばれんことを。

## (2) The Daffodils

I wander'd lonely as a cloud
    That floats on high o'er vales and hills,
When all at once I saw a crowd,
    A host of golden daffodils;
Beside the lake, beneath the trees,
Fluttering and dancing in the breeze.

Continuous as the stars that shine
    And twinkle on the Milky Way,
They stretched in never-ending line
    Along the margin of a bay:
Ten thousand saw I at a glance,
Tossing their heads in sprightly dance.

The waves beside them danced, but they
    Out-did the sparkling waves in glee:
A poet could not but be gay,
    In such a jocund company!
I gazed-and gazed-but little thought

What wealth the show to me had brought;

For oft, when on my couch I lie
In vacant or in pensive mood,
They flash upon that inward eye
Which is the bliss of solitude;
And then my heart with pleasure fills,
And dances with the daffodils.

William Wordsworth

## (2)喇叭(ラッパ)水仙

わたしはひとり寂しくさまよっていた。
まるで谷間や丘を越えて、空高くただよう雲のごとく
突然むらがる喇叭水仙が目にはいった。
湖水のほとり、木々の陰
そよ風吹いてゆらぎ踊りつづけていた。

天の河光り輝き
星屑のごとく絶えることなく、
入江の淵にそって
限りないひろがりになっていた。
一目で一万の花
楽しい踊りで頭を振っていた。
彼らのわきの波は踊っていたが
輝ける波に花がまさる喜びの点で
詩人たるもの楽しまざるをえない。
これほどの楽しい友がいれば、眺めるだけだ。
とにもかくにも
この景色がいかほどまでに私に
富をさずけてくれたか

気づくことがほとんどなかった。

なぜなら、わたしの心は空しく物思いに沈み
床に横になっていると
花たちが、その孤独なる恵みである。
心眼にキラリとうつる。
その時わたしの心は喜びに満ち
喇叭水仙とともに踊る。

## (3) To Autumn

Season of mists and mnellow fruitfulness,
  Close bosom—friend of the maturing sun;
Conspiring with him how to load and bless
  With fruit the vines that round the thatch-evesrun;

To bend with apples the moss'd cottage trees,
  And fill all fruit with ripeness to the core;
To swell the gourd,and plump the hazel shells
  With a sweet kernel;to set budding more,
And still more,later flowers for the bess,
Until they think warm days will never cease;

For Summber has o'erbrimm'd their clammy cells.

Who hath not seen thee oft amid thy store?
  Sometimes whoever seeks abroad may find
Thee sitting careless on a granary floor,
Thy hair soft-lifted by winnowing wind;
Or on a half-reap'd furrow sound asleep,

Drows'd with the fume of poppies,while thy hook
Spares the next swath and all its twined flowers;

And sometimes like a gleaner thou dost keep
Steady thy laden head across a brook;
Or by a cider-press, with patient look,
Thou watchest the last oozings,hours by hours.

Where are the songs of Spring? Ay,where are they?
Think not of them,thou hast thy music too,_
While barred clouds bloom the soft-dying day
    And touch the stubble plains with rosy hue;
Then in a wailful choir the small gnats mourn
    Among the river sallows , borne aloft
Or sinking as the light wind lives or dies;
And full-grown lambs loud bleat from hilly bourne;
Hedge-crickets sing;and now with treble soft
The red-breast whistles from a garden-croft,
    And gathering swallows twitter in the skies.

John Keates

J.Keats(1795-1821)
ロマン派の詩人。真実の美を追求しつづけ、想像力が豊かな詩人である。彼の詩は豊穣でその色彩はあざやかである。

## (3)秋によせて

霧と熟れていて豊かな実りの季節
熟れさせる日光の親しい友
わらぶき家の軒端のまわりに這う
葡萄の木に実をつけ
それをいかに祝福するか
そのすべを日光と企てている。
田舎家の苔むす林檎の木々に
たわわに実をつけて
すべて芯まで熟れさせるすべを
瓢を大きく、はしばみの実を
うまい実でふくらますすべを、なお
おそ咲きの花を咲かせ
蜜蜂が暖かい日には決して去らないと思うまで
夏は蜜蜂たちの巣にあふれんばかり
蜜をうるおわせてくれた故。

誰か君の姿を君の倉にみなかったか？
外をさがす人は誰も穀物倉庫の床の上に、

穀物をふるい分ける風に
君の髪をゆるやかになびかせて
無造作にすわっているのを見いだす。
また、刈り入れなかばにて、畑の畦で
眠りこんでしまう。
けしの花の香りに酔ってしまい
君の鎌は次の一刈りを刈らないで
そのままにしておく。
からみつく花のすべても。
ときに落ち穂拾いの人のごとく
小川を渡る時
君の頭の上の重い荷物はゆれない。
あるいは、林檎酒のしぼりの機械のそばで
忍耐強く、最後の汁まで何時間も
君は見守っている。

春の歌はどこにいるのか？
ああどこにいるのか？
春の歌のことは考えるな
君には君の調べがある。

たなびく雲がなごやかな沈みゆく日に映えて
刈り株の残った畑をばら色にいろどるとき
川柳のあいだで小さな蚊が
そよ風が吹き、またとだえるにつれ
高くあるいは低く悲しい声で鳴く。
大きくなった子羊は
丘から鳴く声が高く
垣根のコオロギが歌う。
そして、いまや駒鳥は
やわらかく高い声で、菜園から鳴く。
群れなすツバメは空でさえずる。

## (4) A Psalm Of Life

Tell me not in mournful numbers,
    "Life is but an empty dream!"
For the soul is dead that slumbers,
    And things are not what they seem,

Life is real! Life is earnest!
    And the grave is not its goal,
"Dust thou art, to dust returnest,"
    Was not spoken of thr: soul.

Not enjoyment, and not sorrow,
    ls our destined end or way;
But to act, that each tomorrow
    Find  us farther than today.

Art is long, and Time is fleeting,
    And our hearts,though stout and brave,
Still, like muffled drums,are beating
    Funeral marches to the grave.

In the world's broad field of battle,
　　In the bivouac of Life,
Be not like dumb, driven cattle!
　　Be a hero in the strife!

Trust no Future, howe'er pleasant!
　　Let the dead Past bury its dead;
Act,-Act in the living Present!
　　Heart within, and God o'erhead!

Lives of great men all remind us
　　We can make our lives sublime,
And, departing, leave behind us
　　Footprints on the sands of time;

Footprints, that perhaps another,
　　Sailing o'er life's solemn main,
A forlorn and shipwrecked brother
　　Seeing, shall take heart again.

Let us, then, be up and doing
　With a heart for any fate;
Still achieving, still pursuing,
　Learn to labor and to wait.

Henry Wadsworth Longfellow

H.W.Longfellow(1807-82)
彼はアメリカ・ロマン時代の詩人である。E.A.Poeや N.Hawthorneと同時代の人で、彼の詩は平明で健康的なものである。

## (4) 人生賛歌

哀しい詩でわたしに語るなよ
「人生とはむなしい夢にすぎぬ」と。
眠れる魂は死を意味して
物事は目に見るほどではない。

人生は現実！　人生は真剣なもの！
墓はその終りでなく
「君は塵　塵に帰る」とは
魂のことを意味するものではない。

楽しさも　悲しさも
わたしたちの運命の定めた目標でも道でもなく
今日より明日をそれぞれが行動することこそ。

芸術は長く、時はすみやかに過ぎるもの。
わたしたちの心が強く勇しくてもなお
布でおおわれし太鼓のように
墓場にむける送葬の曲を打ち鳴らしている。

この世の広い戦場にて
人生の野営の場において
おしのようで追いたてられた牛のようでなく
戦場における勇者のごとくあれ。

たとえ楽しかろうとも未来を期待するな。
死せる過去をして死せる者を葬らせよ。
行動するのみ、生ける今を行動することこそ！
うちに勇気を、頭上に神を。

偉人の生涯はわたしたちすべてに思い起こさせる
わたしたちが自分の生涯を栄光のものとすることを
わたしたちがこの世を去る時
時の砂に足跡を残しうることを。

足跡とは、おそらく他の人が
人生の厳粛な航海で
孤独な難破船上の友が
足跡をみて
ふたたびその勇気がふるい立つ。

ここで、わたしたちは立ちあがり行動しよう。
どんな運命にも勇気をもって立ち向かう。
つねに事をなしとげ、つねに追い求めて
人事を尽くして天命を待つ心を。

<参考文献>

The Oxford English Dictionary Oxford

A Book Of English Poetry
(from Chaucer to living poets)
Edited with lntroduction
and Notes by Shotaro OShima
The Hokuseido Press(昭和35)

18 - 19世紀英米文学ハンドブック　南雲堂(1977)

# 演技と肉体表現のエチュード

演劇は観客にある影響を与えるものであり、観客はある種の期待と感動を意識して劇場で待ち望んでいるのである。それを効果のあるものにするために、戯曲を俳優の中に、舞台にのせるプロセスを実現することを演出と考え、演出家はその役割を果たさなければならない。演劇には戯曲と俳優と舞台と観客の存在がある。なかでも俳優の肉体表現と、台詞のしゃべり方が問題になっている。本質的な意味で演劇の重要なカギを握るのは俳優の存在である。例えば、装置、照明、音楽効果、衣装は現在の上演では欠かせないものであるが、基本的には俳優の台詞術にあり、肉体表現(身体表現)にある。

肉体と精神を対立した概念と捉える考え方もあるが、元来、肉体と精神が別々に存在しているわけではない。肉体表現は精神や心の働きであり、精神の働きは肉体の働きとして表れるものである。心の働きが楽しいからといって、肉体表現が楽しいという型で、はっきり表れてこない場合もあるが、肉体と精神が別々であるという考え方は、ここではしない。また、表現という型には言語表現と肉体表現があるが、別々の型での存在はありえないのである。表現には、声と肉体、言葉と絵画によるものがあるが、演劇はこれらすべてが含まれている。声は音声で、肉体は肉体表現で、言葉は台詞で、絵画は舞台美術である。なかでも肉体表現はあるイメージを呼び、イメージが肉体表現を、さらにイメージをふくらませていくように、一つのプロセスが創り出され、イメージ創りができてくる。肉体表現による一つの訓練として、パントマイムとエチュードが大切である。

広辞苑〈第2版〉によると、パントマイムは「台詞を言わず、専ら身振と表情とで行う演劇。無言劇。黙劇」である。エチュードは「主として器楽の練習のために作った楽曲。練習曲。習作」である。音声のない演技と同時に、ある動きのイメージによって、意味の伝達と本質的な意味の追求をし、動きを発展させ、イメージをふくらませていく方法である。一方で、従来から行われている柔軟体操やいろは文字の発声訓練はある。とにかく人間のもっている基本的な、本来持っている肉体の機能を想定して訓練するものであり、台本の読みの訓練として、音読、朗読、黙読などがある。

俳優は台本の内容、役柄の解釈、どう演ずるか、台詞のしゃべり方、動き方など検討し、実践しなければならない。具体的には人物がどのように見え、どんな衣装を着て、どんな家に住み、どんなものの考え方をしているのか考究しなければならない。どう歩くか、どんな身振をするか、発声の抑揚の訓練が必要である。俳優の仕事は自分の役のことを検討すると同時に、共演者と登場人物の人間関係、動き、台詞のしゃべり、仕草、テンポと間合いを検討し、再び肉体表現のエチュードに向かう。

日常生活にみられる会話と劇作品にみられる会話は、基本的には異なるものである。日常会話では、とりとめのないものが多いが、作品の会話は作家の考えが意図的に統一されたものとしてまとまっている。これが「幕」「場面」となっており、その中で動き、身振り、仕草、行動、がある。実際上演中、細い反応、全体の気の配り方、集中力、台詞をかわすなど、芝居は生きものである。何がおこるかわからない。万全を尽くしたつもりでも、上演中、毎回状況は違ってくる。

スタニスラフスキー『俳優修業１』(山田 肇訳)では「俳優は舞台で生活し、泣き、笑い、しかもその間中、彼は自分の笑いや涙を監視している。この二重の機能、この生活と演技との間の均衡、それが芸術をつくるものである」と示唆に富んでいる。

俳優に欠かせないのは、演技的感受性である。

# 人生の春

新入部員の皆さまを迎えることができることは大きな喜びです。まさに、人生の晴れ舞台。「人生と音楽」という美しい言葉があります。シェイクスピアと音楽の意味でいうと、彼の代表的な喜劇『ヴェニスの商人』に「心に音楽を持たない人、甘味な音の調和に心を動かさない人は、政略や略奪をやりかねない」があります。また、『ウインザーの陽気な女房たち』に「あいつは口と腹とでは大違い、賛美歌と流行歌の[グリーンスリーブス]ほどに違う」があります。恋を歌った台詞に『十二夜』の「音楽が恋の糧になるというなら、奏し続けてくれ、あきるまで聞かせてくれ」があります。人の心を揺り動かす台詞。こうした台詞から、また音楽から、人生の意味を共に感じ、考えましょう。与えられた四年の「時間」の中、学問と音楽で自由な知的活動と感性をみがき、よりよい人生を。

シェイクスピア悲劇の代表作に『ハムレット』があります。吹奏楽に関心を持っている人なら必ずや知っているアルフレッド・リードの曲「ハムレットへの音楽」はシェイクスピア・シリーズの一作であります。二十世紀の代表作とまでいわれています。原作に忠実に構成されています。

第1楽章プロローグ「エルシノア城とクロディアスの

宮中」父の死への疑問、ハムレットの新王国の反抗。ファンファーレは短調、３連符のリズムが悲劇を暗示、木管の高メロディー。第２楽章「ハムレットとオフィリア」木管とミュートを付けた金管。ハープをバックとした美しいオーボエのソロ。第３楽章「俳優たちの入廷」トランペットの吹奏。木管を賑やかに、ホルンと木管が中世のアンサンブル風の演奏。第４楽章エピローグ「ハムレットの死」木管で静かに、ミュートを付けたトランペット、ティンパニーが弱まっていくのはハムレットの死への道を意味する。オーボエが悲しみと哀愁をうたう（秋山紀夫解説参照）

「雅楽は宇宙」とよくいわれますが、楽器によって、天の声、空の声、地の声を表します。楽器の音色によって人生を表現するのです。人生の対称性を表す喜劇と悲劇を、読んでから聴くか、聴いてから読むか、皆様は『お気に召すまま』の春の躍動する若い男女の喜び、「それは恋人たち」よろしく青春を謳歌してください。

# 笠井先生を偲ぶ

中国哲学の王陽明思想と日本の倫理思想の研究者として知られる笠井先生でありますが、ここでは日常生活に見られる先生の表情を思い出してみたい。

先生がこよなく愛した俳句の一つがあります。それは高浜虚子の「白牡丹といふといえども紅ほのか」であります。この句は先生のゼミ学生、親しい同僚なら知っている一句であります。

先生が虚子にこだわりをもっていたのは、本名が同じ「清」であること、自ら「清」の音から「巨子」というあざなを長い間考えられていたとか。亡くなられる前に『白牡丹』（平成六年夏）の中で、文章にされているのでご存じの方も多いかもしれません。私は、文章にされるはるか以前から伺っていたので、先生の真意は理解しているつもりです。この俳句について先生の文章には「白牡丹を《愛しいな》と思って優しい眼でよく見ると、花の中心の奥にほのかに紅色が差しています。《愛しいな》と思う心延と優しい眼なしには、美しさや善さも見いだし得ないであろう。美の存在を発見するためには、この心延と優しさが不可欠なのであろう。この美の、善の存在の発見・気づきというものは、或いは縁によるのであろうか。これが人・もの・ことの間のまさに呼応なのであろう」とあります。先生がいう「人間と自然との呼応」なのであります。

こうした話は研究室しかり、花見・雪見の席、群馬に帰宅される車中で、時を忘れて語ってくれました。その口調は時に熱気を帯びて、情熱に溢れ、時に感極まるといった風でした。話題は万葉集から源氏物語、伊勢物語まで、さらに川端康成と源氏物語の関わりまで続いたものでした。それらの解釈と鑑賞の仕方についてはよくぶつかり合うこともありました。同様のことですが、たまたま私が学部の四年生の時に、感銘をうけた川端の『美の存在と発見』が話題にのぼり、二人で語るというより議論したこともありました。なかでも、美意識の問題、人間の有様、人間の感性の問題を決して押しつけることなく、さりげなく示唆してくれたことを今も覚えております。

そしていまひとつ語らねばならないことがあります。先生が還暦になられた時、高崎高校第五十一期生で出された文集に寄せられた言葉の中に「学生諸君と人の道について語り合える関わり合いでありたい」とありました。先生は私たちに対して誠実に応対してくれましたが、特に学生を愛し、学生との触れ合いに無量の喜びと充実感をもたれておりました。そんな先生の存在は私にはひとつの範となっております。

最後に一言。杭州大学における国際会議、国際シンポジウムの訪中団団長として参加するなか、王陽明の研究者として彼の故郷を訪れることは、先生の念願でありました。それが叶えられたことは、先生の喜びであったかと思われます。また、上海・北京の歴史と文化に触れる旅に同行できたことは、私の望外の喜びでもありました。淑徳二十年、公私にわたって研究者、教育者、人間として御指導を賜りました。感謝。合掌。

シェイクスピア作品のなかの人間観

世界文学史上でウィリアム・シェイクスピアほど語り上手な人はいない。ホメロスは冒険と戦士について語り、ソフォクレスとトルストイは悲劇と悩める苦難の道を過ごした人たちを、テレンスとマーク・トウェインは喜劇を、チャールズ・ディケンズはメロドラマを、プルタークは歴史を、アンデルセンはお伽噺を語り、それぞれにすぐれた人たちである。しかし、シェイクスピアはあらゆる分野・種類の話、たとえば喜劇・悲劇・歴史・メロドラマ・冒険・恋・お伽噺などを書きながら、そのいずれをとっても永遠不滅の傑作となっている。

シェイクスピアの作品が最高の評価を受けているのもそのためである。彼の描き方は戦場や野の花、魔女や子供、滅びゆく英雄や若い恋人、またおしゃべりな老人たちのことを書いただけではない。それを詩で書き、しかも詩として完璧なことはもちろん物語を進めていくうまさもあって、詩と物語がひとつの歌詞とメロディのように一体になっている〈M・チュート『シェイクスピア物語』横森訳〉。シェイクスピアの無数の名台詞・名言のなかで「愛の歓びと愛の歎き」を語っているものをとりあげ、現在に生きる私たちにとって、どのような意味があるか考究する。

# あとがき

文学といえるものに出会えたのは、高校時代からかもしれない。詳しく言えば、幼い頃から父が読んでいた歴史小説や、母が読んでいた紫式部の『源氏物語』（与謝野晶子訳）、平岩弓枝の小説、瀬戸内寂聴の『源氏物語』シリーズなど。多大な影響を受けたのは、駒澤大学大学院時代から本多顕彰の『人生のための文学』、田中準の現代詩（英米諸作家）、三神勲・中島関爾の諸先生方に。時にシェイクスピア作品の翻訳の手ほどき、評論等の御指導を受けてきた。

いまひとつ大切なことは、元淑徳大学総合福祉学部教授 笠井清先生から『万葉集』『伊勢物語』をはじめ、短歌など日本文学を教授してもらったことである。

今日あるのも両親と諸先生方のおかげだと思っている。感謝の一言に尽きる。

2021年8月2日　記

横森　正彦（よこもり　まさひこ）

1946年山梨県韮崎市生まれ

駒澤大学文学部英米文学科卒業

駒澤大学大学院人文科学研究科修士課程英文学専攻 修了

【経歴】

元淑徳大学総合福祉学部教授

元駒澤大学外国語学部非常勤講師

元東洋大学文学部非常勤講師

元城西大学経済学部非常勤講師

元日本英文学会会員

元シェイクスピア協会会員

元家庭教育学会常任理事

現在：文芸評論家

【業績】

日本 東京グローブ座「世界のシェイクスピア劇場」担当

1991年4月 ロンドン

国際シェイクスピア・グローブ・センターにて

日本シェイクスピア賞　受賞

世界で著名な詩人たちの詩集を記念に

（日本人は谷川俊太郎）

『シェイクスピア大事典』内 P810〜P820に記述

【主な著訳書】

『シェイクスピア悲劇の家族』（旺史社）

『シェイクスピア劇中の人間像』（旺史社）

『文学と人間』中島関爾先生追悼論文集（金星堂）共著

『シェイクスピア—言葉と人生』（旺史社）

『シェイクスピアの四季』三神勲先生喜寿記念論文集

（篠崎書林）共著

『日本人とアメリカ人—その類似と逆説』

C.G.クリーバー／三好弘編訳（公論社）共訳

『イギリス文学を旅する』（明石書店）共著

『シェイクスピア物語』

M.チュート／三好弘編訳（旺史社）共訳

シェイクスピア36編全作品を物語風に

『シェイクスピア大事典』（日本図書センター）編集主幹

荒井良雄・大場健治・川崎淳之助

文学への誘い　―英文学と日本の古典文学「万葉集」―

---

2021年12月16日　発行

著　者　　横森　正彦
発行者　　向山 美和子
発行所　　㈱アスパラ社
〒409-3867 山梨県中巨摩郡昭和町清水新居 102-6
TEL 055-231-1133
装　丁　　㈱クリエイティブ・コンセプト
印　刷　　望月印刷㈱

---

ISBN978-4-910674-01-8
落丁・乱丁本はお取替えいたします。定価はカバーに表示してあります。